慢慢来，比较快；坚持住，时间在我们一边。

中国国家地理·图书

平淡 如泥， 静默 如谜

> 我
> 和我的
> "二十四节器"

郭子鹰 著

目 录

序言
引题

01　立春
02　雨水
03　惊蛰
04　春分
05　清明
06　谷雨
07　立夏
08　小满
09　芒种
10　夏至
11　小暑
12　大暑

慢下来，真的可以吗？——陶修五年记 _ I

清脆、透明且易碎的季节感 ——"二十四节器"所为何来 _ VII

空白的盘子，最吊人胃口 _ 003

青黄不接，又充满期待 _ 011

行炉的内力，是隐去光彩却愈加夺目 _ 019

走过的路，每一步都算数 _ 029

挑战重力 _ 047

那一只纸槌瓶 _ 053

蛙鸣请脑补 _ 061

小满盈满，不是志得意满 _ 067

煮酒送花神，保持斗魂 _ 075

凉面盆里的自制小宇宙 _ 093

滴滤壶的盗梦空间 _ 099

西瓜盘的减法和误入歧路的乐趣 _ 105

13　立秋
14　处暑
15　白露
16　秋分
17　寒露
18　霜降
19　立冬
20　小雪
21　大雪
22　冬至
23　小寒
24　大寒

后记一
后记二

不要辜负失败 _ 111

蜂蜜罐里，最甜的是刚刚过去的那个夏天 _ 117

葫芦勺杯，春江逝水 _ 135

一只盖碗的勇气 _ 145

喧唱，为了让寂静更加动听 _ 151

霜降吃火锅，万事一笑过 _ 157

雪无痕 _ 161

暖手杯的千古悬念 _ 179

双耳盆和佛手瓜 _ 183

饺子·八方盘 _ 189

老白茶，不要等老了才喝 _ 197

恰到好处的年味 _ 201

心有玫瑰，细嗅猛虎——做陶为什么？ _ 209

2020，行星重启 _ 215

序言　慢下来，真的可以吗？
——陶修五年记

"一生之中难道不应该有一年，一周之中难道不应该有一天，一天之中难道不应该有一小时，是真正属于自己的吗？"

话是这么说，而且人人都想慢下来，都想享受自己心仪的生活，找到自己的节奏，但是，真这么去做，目前看来，挺困难的，想想都挺困难的。

几年前的某一天，去一家出版社办完事后，因为急着赶去下一个地方，所以看到大厦下行电梯门开着，就一个箭步蹿了进去，先按了关门键，然后才按下数字"1"。其实我在余光里隐隐能看到身后有别人，也能清楚听到后面赶来的脚步声。背对着徐徐关上的电梯门，脑子里突然浮现出以前在南非见过的一个台湾同胞讲的故事：他在一个白人身后追电梯，那家伙蹿了进去，按了关门键，还在徐徐关上的电梯门缝里盯着他的眼睛，对他露出狡黠又过度夸张的假笑。那位来自宝岛台湾的朋友当时气得差点送上一个不礼貌的手势。

"因为生活得争分夺秒，所以自私得心安理得。"我当时半开玩笑地评论他的故事，可是几年后的那一刻，我突然意识到，自己也变成了那个"心安理得的自私者"，虽然故事的发生地从开普敦变成了北京，但是情节几乎是完整拷贝。

俗话说：三日不读书，便觉自己面目可憎。我不仅常读书，也写书，可是那一刻，我还是觉得自己有点儿面目可憎，我应该一笑而过吗？看来读书真的不是解决一切问题的万能钥匙，是不是生活的节奏出了问题？那种麻木感又是怎么回事儿？

有时候会突然回忆起小的时候，因为一点点小事情就能非常开心、充满期待的状态。从前的时光总是比较快乐，那时候老师安排我周末去空无一人的学校喂生物角的兔子，我会从家里拎一把菜刀，一大早7点就去学校门口等着校工大叔开门，不急不躁且等得心花怒放。而现在越来越难以感受到那种简单、纯然的快乐和满足了，是因为幸福来得太容易，还是因为动脑太多、动手太少？

也许，用"节奏太快"当借口是容易的，而且可以解释很多问题，但是，我们真的有勇气面对缓慢且平凡的生活吗？那种面对未知的不安，又有多少人能够应付得来？慢下来之后，我们是不是真的会变成那个"更好的自己"，还是继续在过多的选择和诱惑里迷失无措？

我一直觉得，人可能只分两种：占有型和创造型。前者靠不断占有和支配来获得幸福感，并以此对抗孤独枉死的恐惧；后者则必须不断创造或者改变什么，才能活得快乐并心安理得。

我大概属于后者。

前半生尽量游历，后半生有所创造，这曾经是我心目中理想的生活状态。于是，我决定做一些必须亲力亲为、动手走心的事儿，最好能让我不摸手机、不看电脑，哪怕每周有一天也是好的。

像古人一样，顺应天时地活他个一年？这个念头在我读《浮生六记》这本旧书的时候突然冒了出来。书中，主人公夫妻二人用纱布包好茶叶，放在待放的荷花芯里过一夜，隔天再拿出来冲泡慢饮。真的全程"生如古人"地活着，恐怕是无法做到的，但是沾染一些古人的缓慢沉稳，模仿一下古人的从容大度，体会古人顺应自然的心态，也许多少能让酸僵的肩膀和心态放松下来，减少些心理焦虑带来的隐隐刺痛？

与我们同时代的很多城市人一样，我们对灰暗铅重的城市天空有点无因的厌倦，对乡居生活的清新飘逸有种莫名的向往。同样，在这个有趣的时代，有无数的公号文章和网络推送，铺陈罗列了无数田园生活、乡下小院的志得意满。对我们来说，跑到乡间或者山里去买一座院子实在太贵，也太远。无论乡居或者归隐，形式感的层层堆埋之下，那些对自己诚实的内心旅人，最终的目的地应该是心安的当下、无扰的心绪、悠然度过的朝朝暮暮。达此目的，其实远不必寻诸乡野。我们只需立定脚跟，归隐到一门踏实的手艺里面，借由心劳手勤的坚持，寻找内心的安定，在目标如高山仰止般的终生挑战里借境练心，在对诚实劳作、耿直生活的敬畏里度过坦然的岁月。

总之，想不计代价地挤点儿时间给生活。

我们的生活实验目标如下：

尝所未试。
每周一天。

坚持一年。

手工劳动。

传统技术。

和生活有关。

和挣钱无关。

和季节合拍。

不发朋友圈。

不逃离城市。

不以手艺人自居，但是用手艺保持专注，探索自己动手能力的边界。

最终我和太太选中了做陶。于是，马上开始。

一周一次，一年为限；二十四个节气，一节一器；自己设计，自己动手；顺应天时，顺应内心。我们还给自己起了个用在器物上的签名，叫作"顺时斋"。

就这样，我和太太开始了几乎是马上跑偏、状况不断的尝试，体验起充满意外的"手作之旅"。

有的人喜欢曲曲折折地活着，而我更倾心于直巴楞登的活法，就好像有人喜欢看大兵团作战的战争电影，而我更喜欢单打独斗的"内心电影"。我们身处的时代越是强迫大家并入同一股岩浆般火热的洪流，我就越好奇：清冷无人的小溪那边，有什么风景？冒死也想过去看看。探索寂寞的小路和宅门，有没有可能是另一种轰轰烈烈的战斗？只有投入地那样生活过的少数人才会知道，而且这样的人，多半更会守住自己人生的秘密庭院吧。

我和太太都是直巴楞登的人，我们用了十二年，尽可能去遍我们想去的地方，把绝大部分收入"烧在了航班的引擎里"；接下来，我们想再用一个十二年，把收入"烧在窑炉熊熊的火焰里"，做出我们自己能够认可的作品。

我们都相信，时间从来不曾辜负任何人，倒是我们，亏欠时间给予的机会，亏欠自己更多的耐心和隐忍。可耻的从来都不是失败，而是夸夸其谈却不敢认真。

开天辟地、惊天动地的大作品？不指望，因为中国有个景德镇呢！但是一路狂风暴雨、峰回路转的内心风景，足以值回票价，把人生宝贵的晴空暖阳和幸福时光花在这些徒劳无用的小事情上，正是我们想要的。

快乐与满足，求之于己。找到那件能让你忘我投入、不计代价的事，才是最幸运的遭遇。

后来，我们渐渐意识到，这场快乐的意外遭遇，可能不会在一年的挣扎努力之后结束，而是一年又一年地牵念着，一直不停地绵延下去。于我而言，这是一种形式特别的自由。转眼间，做陶的日子已经静静流过了五年。当初许的愿除了一条"不发朋友圈"之外都实现了。本以为每周坐两个小时的地铁去一趟工作室需要努力坚持才做得到，现在的情况是，只要有个假日，就想把它花在做陶上。

幸福是有人爱，有事做，有所期待。对于能把身心专注投入一点，且能掌握与坚持的人来说，幸福是简单的。挑战和期待重重牵绊，在创造和试炼中一路旅行，是为幸福。

如果有的时候，我们感觉不到幸福，那是因为我们活得不够专注吧。

一晃五年过去了，我们好像误入了桃花源的人，恍惚觉得好像只过了七天。

以下，就是我们的学陶心路。

引题　　清脆、透明且易碎的季节感
——"二十四节器"所为何来

季节感，是我们善待时间的态度，是只有我们中国人才能明白的生活的众妙之门。季节，是时间的小轮回，也是细腻而微的灵魂年轮。不讨论生活到底有无意义，把一切交给时间，对希望保持耐心，对目标笃定坚持，也在时间的洪流潮汐间，对苦乐得失优雅鸟瞰。

我们热爱季节的流转，是因为它的不停步、不爽约、不唐突、不哀怨，并且从不纠结拖延。

在古时中国，我们用冷暖来形容人心，用春秋来指代历史。我们用春风代表希望，用秋月暗喻团圆。我们在诗句里提到严冬的凛冽，是诉说低谷和考验；提到秋收的金黄，便是感恩收获后的苦尽甘来。"华夏"两个字，一个指春天的繁花，另一个是指在黑暗中、地表下韬晦隐忍，终于登高鸣远的夏蝉。风雅如此，含蓄如是，内敛如斯。

我们赋予季节情致和寓意，季节则给予我们生之刻痕、活之灵感。

六年前的霜雪季节，我脑中划过一个闪念：创造二十四件季节的礼物，给每一个节气设计一件顺时应景的日用器物，纪念那个季节的风雅传统、暖心习俗，也纪念那个节气当令的食物、变换的气息、微妙的体感和随着季节起伏明灭的情绪。让时间留下作品，也让灵感付诸有形。让每一个节气因为微小的仪式感而变得令人期待，让季节的变换因为有了期待而让人挂心，值得怀念。

岁朝复始，有些心念磨而不灭；季节轮回，有些坚持愈挫愈勇。在无言的努力中静静经历光影迁移与季节来去，对未来保持开放的期待，对意料之外的情节转折颔首欣赏，不惧不怨，更不逃避。让生活的美感像陶瓷的光彩，慢慢浮现，自行窑变。我们从不跋扈地期待一个明确的结果，我们期待的是保持创造的那个动作，是保持期待的那种状态。我们视之为天赋，称之为勇气。

我们专门设计制作的二十四件"节器"，都以"顺时"题款，祝福我们能顺应时节的流转，创造出我们自己内心真正想要的生活，取舍出顺应心灵长势的内心世界。

我们为春天的腌菜和青团创作坛罐，也为夏天的莲花和西瓜制作盆碗，为秋天的蜂蜜和菊花茶制作盖碗，也为冬天的老白茶制作温壶，为下雪天练字的午后制作笔洗……我们不停制作，不断琢磨，且永不满意，因为这只是我们在和季节对饮、对弈、对眼神，无关天地之间任何一缕风、一场雨、一段因缘。我们只是想看到自己的生命缓慢且扎实地生长出另一种新的可能。

季节感是那么清脆、透明且格外易碎。只有那些格外耐心、细腻且心底从容的人，才能接受到她带来的频段狭窄的微妙幸福。庸常日子里，任何一点微末细碎的抚心美感，都有可能是某个人耗尽一生的努力方才达成。所谓庸常，其实是司空见惯的奇迹。就像伟大季节创造的渺小生机、无名匠人心中闪烁的斗魂和灵犀，有幸享有，自当珍惜。

01

「立·春」

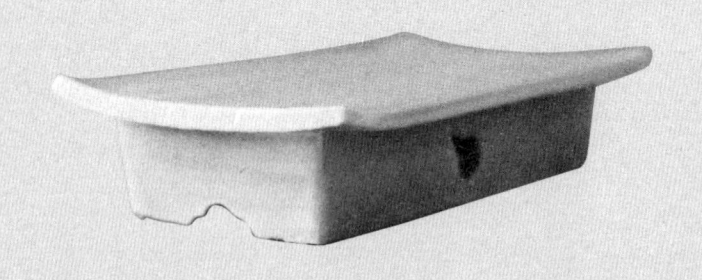

立春之器：俎板盘【冰下鱼】

烧成于 2018 年夏

空白的盘子，
最吊人胃口

如果有什么事情让你有想要去做、想要挑战的冲动，能吊起你的胃口，一定要马上动手尝试。冲动可能导致失败，但是过度审慎造成的留白却更折磨人。

我一直相信做陶能治病，特别是内心拧巴的病，比如焦虑、烦躁，想砸东西，想揍人，或者是百爪挠心、脑子里一团糨糊、心里一团乱麻……手机依赖和"水逆"什么的更不在话下。因为揉泥拉坯或者擀饺子皮似的板塑工艺的核心内容就是静下心来、动起手来，通过揉泥，把泥料中缭乱的粒子理顺。在这个过程中，你整个人的各种"粒子"也会得到理顺。这不是严谨的科学，绝对不是，但这是唤醒感受力、想象力和创造力的过程，这是调动所有感官，使整个身心专注和投入的自愈过程。你甚至会上瘾，就像有人喜欢揭掉贴膜和胶纸，有人喜欢挤破包装填充物的塑料气泡，有人看到黑胶碟在唱机上旋转会进入愉悦的半睡眠状态一样。

最重要的，也是最确凿的疗效，是你在做陶时，沾满泥巴的双手没办法玩手机。还有，你会在制陶的魔力中，达到这辈子从未体验过的纯然心境和入定状态,天地无伦,物我两忘。

立春带来的愉悦,无异于换骨新生,就好像打定主意进入一个完全陌生的全新领域,抱着对独立制作出一只朴素茶碗的盎然初心,从零开始学习做陶一样。所以,一定要和季节确认眼神,无论是明示还是暗示,一定要告诉自己的身体和心灵:季节已然切换,阴冷都成往事,是时候谈个恋爱,给自己买件春装,或者尝试点新的挑战,涉足一个未知的世界了!只是,距离一场真正的满树繁花下的春日野餐,还需要一段时间。

这是我最喜欢的节气,它代表着翻页,也代表着坚守和笃信。几十年过去了,我仍然记得最初听到那句"冬天来了,春天还会远吗"时的情形。那时,满眼是不知惆怅味的泪水,如今,已经这把年纪,仍然相信春天回来时,不仅峻岭会重归葱茏玉润,世界上的一切也都会迎来转机。

给自己发个积极阳光的心理信号,最好的方法当然是吃,让能量、营养和天地灵气一起进入身体。

中国的古人久已精通此道。来一客春卷!来一刻春天的心情!我们要为立春的春卷和传说中的"春盘"专门设计、亲手制作一只初生人世间的俎板盘。

以我当时初学者的功力,制作一件板塑作品,也比较现实，毕竟才学陶一年多。我那时也明白，要把彼时彼刻让自尊心屡屡受挫的拉坯手艺当作终生挑战，永远坚持和练习下去。

毕竟，拉坯的硬功夫是"假装自己在做陶"和"真材实干在做陶"的分水岭和国境线。

盘的尺寸大小，必然要按照春卷的大小设计打造。古人会在这个时节吃点辛辣、刺激又春意盎然、生机勃勃的东西，比如芹芽、萝卜、羊角葱什么的，以去除春困。这几样，胡乱堆叠在一个圆盘里当然无助于提神醒脑，反而让人心乱如麻。所以，立春的"开春第一盘"，当然应该是挺拔有型又利落苗条的笏板形，放在桌上，还要有点儿亭亭玉立、致敬春天的意思，看上去一定要有精神，不能软塌塌地躺在桌子上，好像大面饼一张。

我脑子里的第一点闪光来自《大闹天宫》里蟠桃宴上的承盘，英挺高挑、浑身仙气，但是日常食器又绝对不能那么繁复炫耀。所以简化过后，设计成了一种亲切却轩昂的气场。我选了葫芦和海棠口这种中国味道十足的辨识符号，作为简单的镂空花窗口装饰。试做了好几次，都因为开口的大小和多少引起了结构刚性的变化，频频失败。在入窑烧制的时候，坯体会先经过烈火烧熔而微微软化，因此有好几个设计在这个时候没能经得住烈火焚身的考验，软塌变形了，着实很让人头疼。最后确定的方案是对侧各开小孔，尽量减少变形，造型又有足够的故事性。因为想要配合干净、纯净的春季感觉，最开始选用的是白泥，烧制了几次之后，看来看去，观察的结果是：观感有点儿虚肉缺骨，没有体现出提神醒目的那种"微辛"和"爽利"感来。随后我抱着没事儿找事儿、放手一试的心情，改用粗糙暗沉但刚性更好的回收泥试做了几次，造好坯体之后再施以白色的化妆土和覆盖性更强、乳浊感更好的白釉，终于弄出了一件能够体现那种"春和景明、勃勃向上"自带生长感的俎板盘来。直到最后，到底是犀利的方角更有挺拔感，还是打磨成柔和圆角的方案更能让人联想到春花稚柔的花瓣，总也得不出一个明确的取舍结论来，只好做了两种款式，各花入各眼吧。

擀泥片粘接成各种器物是做陶的成型技法里最平易亲切的一种，几乎不需要练习和师从什么人，也看似几乎不需要多少时间就能够成就一两件作品。粗看还蛮有味道的。不过，要想用这种方法做出既有模样和感觉，又没有瑕疵、不裂不歪不报废的器物，很难。和世间所有的跋涉、修行一样，开始快的，往往成器慢；上手顺的，往往代价高。

虽说有师傅老早就告诉你这里面没有什么诀窍，无非是把湿泥板接缝的地方刮毛糙，抹上泥浆，再充分适度地加以按压和用毛笔或者海绵扫刷，但是最初很多次（甚至是直到现在）我的板塑作品出窑的时候，我仍然禁不住暗骂见鬼。说不上为什么，就是觉得丑，里外上下、无论哪儿都透着股偷奸耍滑、耍小聪明却免不了失败的狼狈，有种扮猪吃老虎被人拆穿、遭到明眼人笑而不语的尴尬。还真别拿什么日式、手作风来打马虎眼，有没有那2%的"谜之成熟度"，骗不了任何人的眼睛。

泥土卑微至极，一言不发，但它最能教会你低头认真别偷懒，面对现实别找借口。在别的事情上，偷懒抄近路可能只会留下神鬼不知的模糊过往，但做陶这件事，只要糊弄，铁定会留下硬邦邦的证据。

当我们说生活需要仪式感的时候，我们是希望确认和召唤生活的实感；当我们说到创意的时候，我们实则期望生活不要凝固，并且能出现一些不确定性。

在我开始学习制作陶瓷的头两年里，我经历了一系列有趣的想法上的变化：最开始的时候，我坚定不移地认为自己将借由陶瓷创作出一系列让人耳目一新的作品，将挑战旧有的器形，创造出属于自己的陶瓷器来，加上潜意识里意识到自己拉坯的手艺仍然不行，所以着力创作一系列采用板塑方法成型的方器，如茶盘、茶承、方盘、方瓷盒之类。虽然偶有惊喜收获，但是制成的东西往往让人感觉缺少那2%的谜一样的成熟度。那时候我还发现了一些板塑成型的细节方法，比如先用塑料垫板裁剪出外形的泥板切割方法（后来听说这在紫砂制作中有个专门的称呼，叫作"仿形板"），比如泥板压印花纹的方法、开孔做"花窗"等等，但是，以我的眼光来看，始终"不成器"。后来经过了一系列拉坯训练、挑战、失败、绝望、倔强和再挑战，放低自己的期待，继续无目标但不放弃的"无心练习"，拉坯渐渐能够成器了。（坦白讲，我至今仍然认为自己在拉坯方面不具备什么天赐的灵感或者天赋。除了反复练习和决绝地废弃有瑕疵的陶坯，不让它们入窑之外，别无他法。）之后，才开始一窥"创作的自由世界"，一边毕恭毕敬地"摹古""拟古"，一边期望"做大做薄"，同时尝试表达自己的想法，试探创造"从容、散淡、内敛简朴、顺眼舒心"的个人风格。在内心里，我深深敬佩那些让人"一见之下瞬间安静、乱念排空"的风格。这样的作品能够使人的意念全神贯注于观赏，它们像灯塔般渺小遥远，却给人带来希冀和安然感；它们没有过目难忘的新奇看点，但是能使人希望经常和它们重聚，在它们身边享受片刻宁静无我的慎思对望。

和无言沉静的陶泥相处了几年，我已经不再调侃古人的僵化刻板，开始理解此前对中国传统器形的"审美疲劳""司空见惯"只不过是身在福中不知福，"入幽兰之室，久而不闻其香"，待到自己真正尝试纸槌瓶、梅瓶、行炉制作的时候，才发现"简素才见真功力"。那些顺眼顺心的古器形，其实才是经过了时间淘洗、走眼走心的精华，越简单，越充满挑战，不浮夸却浑身带着"戏码"。这些只有内行才能了然于胸的门道，绝非一日之功。

如果要问我这五年多做成了什么、收获了什么，我只好苦笑一下，勇于坦承自己远未成器。

春的神秘，虫知道

"一候东风解冻，二候蛰虫始振，三候鱼陟负冰。"古书里神秘又肃然的句子，说的便是立春前后的景象。东风送暖，大地开始解冻。杜甫《立春》诗里顾左右而言他、触景生情的缱绻句子是这样的："春日春盘细生菜，忽忆两京梅发时。"不知想起的是青梅竹马的哪个曾经。那个时候，春可咬可吃，有趣又有诗意。

除去立春日堂皇丰盛的餐桌，若无其事地托一盘列队整齐的酥饼或者鲜果，来到爱人忙碌的书桌前或者几案边，放下、微笑、转身离开，也是件有着满满温暖感和信息量的事吧。

02

「雨·水」

雨水之器：浅渍罐【云无雨】

烧成于 2017 年夏

青黄不接，
又充满期待

自从开始学着自己制作一些陶瓷器以后，心情和期望值经历了一连串有趣的变化。一开始是特别喜欢自己设计制作茶具，后来对茶器的喜好莫名淡了，渐渐变成喜欢自己设计制作些手冲咖啡的器具，再后来变成更喜欢琢磨一些每天会用到的餐具厨具，现在是做菜的时候发现哪些厨具餐具不称手，就自己改进一下，出个设计，自己揉泥巴鼓捣一个更顺手顺心的出来。这不，最近正摆弄设计隔水煮麦片和牛奶的手柄锅。花器很少做，也一直没什么太让我激动或者投入的想法，除非是看上棵喜欢的花草，想在家里种种看的时候。

让人心生欢喜的生活，应该有一半是山川湖海，一半是厨房与爱。这是打网上听来的，心有戚戚。

陶瓷的千年穿越史，想必就是先进烟火厨房，再到清幽书房，这么一步步走过来的吧。

做陶瓷让我身心快乐，想必也是因为它总能让你参与到给生活制造变化的过程里，让你始终有机会亲手创造，改变周遭世界，哪怕只有一个小角落。就像轮回不止的季节，无休止的变化让你每天都可以有新的发现；周而复始的春生秋收，又让人感到安心踏实、重回来处。

决定做浅渍罐是因为买了一只样子挺可爱的日货玻璃浅渍罐，觉得用着不理想，所以决定动手改进一下。

首先需要改进的是做出个口沿来，因为浅渍罐总是有一点分量，这样在取用的时候拿起来手感才更踏实安心，不用担心手一滑，被脱手掉下的腌菜罐子砸了脚面。还有就是希望权充盖子的"镇石"部分变成重量可以调节的设计。

以往的腌菜罐要么是顶上扣着一只粗陶大碗，要么是木头盖子上面镇压着一块硕大粗粝的鹅卵石，这是很多中国人对童年和冬天的回忆。从儿时起，就一直好奇为什么腌菜上头会有一两块石头，直到自己制作起浅渍罐来，才有空细想其中缘由，也才有机会感受生活细节处的韵味和那些微小而有趣的幸福感。

因为盐水产生的浮力会大于菜的重力，有时候菜不能完全浸在盐水中，因此盐的分子不能均匀地进入菜内，不仅口感不好，而且接触到空气的腌菜容易氧化，进而变质。所以，压紧腌制的泡菜才会好吃够味。

我把镇石设计制作成中空的一个陶瓷球，类似天球瓶的器形，瓶口配上软木塞，里面注水的多少会改变瓷球的重量，配合罐内的腌菜量，菜多镇石重，菜少镇石轻，始终保持适当压力，让腌菜浸在水中。同时，瓷球的大小也使它可以起到罐盖的作用。

腌菜原本是青黄不接时候人们给餐桌保留多样菜色的智慧。人们懂得和时间为友，而不与它为敌，利用它的规律和奇妙幻化之力，让食物更有味道，也让冬天里对春来的期待更为浓烈。从前的冬天，人们只能依靠腌菜的口感来回味菜蔬充足的夏天，腌菜罐往往做得又大又厚；而今天的腌菜，则是在供应充足、瓜果飘香的寒冬里，人们回味怀旧、品尝"古早味"的念想。既不用做得太多，也不用腌得太久，浅渍罐只要做得"青葱"小巧、称手抚心就好，好比一个少年，却偏爱身披持重的唐装。

因为没有销售量和养家糊口的压力，所以我们这样的爱好者做起陶来，总是喜欢琢磨设计、视觉和手感之类的事情。说起来，真正专业做陶的匠人，恐怕日日要为生计算计，在设计上不得不向价格、成本和产量妥协，还真是不容易的。从这个角度来体谅他们的制作难度，一味推崇和强调纯手工产品，其实不太现实和客观。用技术手段使产量提升，让价格下降，能够让更多人用得起好的陶瓷器，同样是功德一件。更何况，机制陶瓷器水准不输给纯手工作品已得到公认，而用纯手工的名头求取不合理高价的作品和作者也为数不少。

面临选择的时候，跟从我们内心的判断，还是比听从耳朵的灌输更合理一些吧？美不美，合不合眼缘，能不能在心底激起幸福和愉悦的涟漪，这才是我判断一件瓷器水准的尺度。皇上喜欢的，跟我没关系，那个皇上我喜不喜欢，还不一定。

等待腌菜成熟，变得爽脆够味，还隐隐有那么一点儿清甜，这是种很地道的乐趣。假如一直跟时间争夺较劲，我们便享受不到这种乐趣。甭抱怨生活越来越快、越来越无情哦，你自己忍得了慢不？又懂不懂得珍惜慢的宝贵？蜗牛也到得了远方，只是它成功的时候，你没注意到。

在我的少年时代，几个朋友聚在一起的消遣之一，是在某个有录音机或黑胶唱片机的同学家里，从头到尾听完一整张唱片，有的时候是古典，更多时候是流行。那个时代还没有MP3播放器，唱片的播放不能随意选曲跳播，所以孩子们都必须锻炼并保持自己的耐心，听音乐的时候就是在听音乐，送秋波的同学就专心送秋波。那个时候，一边抄写无聊的课文一边听音乐是大逆不道的，家长和老师会骂你对功课不够尊重，同学"铁瓷"则会骂你对音乐不够尊重。

如今的情况是：每个少年至少都是"六核"的，甚至更多，同时做很多件事是常态化操作。在我们的少年时代，我们一边抄写自己的名字1000遍一边看肥皂剧都觉得力不从心，而现在，同学们一边写检查一边看"卷福"扮演的夏洛克还嫌不够烧脑。

这有什么关系吗？不专心。当然还有别的，关于你是否有幸福感，关乎你能幸福多久。

哈佛大学的一位研究员叫作马特·"机灵死我"

（Matt Killingsworth，多有喜感的名字啊！），他研究和测量人们的"快乐满足程度"与个人状态以及行为因果之间的关系。为了这项研究，他专门设计了一个手机软件，让人们输入自己的种族、年龄、性别、健康、婚姻等详细的个人情况，并时刻跟踪记录自己正在做的事、正在想的事和自己的快乐满足程度。他的调查结果给出了一个看似出乎意料的答案：决定你的快乐程度的，是一个专注的大脑和你临在的状态。

看来，幸福并不等于任何一种目标，而是存在于追寻目标的过程和愿望之中。活在当下、浑然忘我的状态才是幸福寄身其中的"桃源秘境"。

身为一个作者，我也有自己的切身体验。写作的时候无论遇到多少麻烦，总是开心的，一旦书籍出版，感受到的幸福指数马上掉头向下。这不是发微博吐槽或者把酒买醉所能挽救的事情。除非你找到另外一本愿意为之全情投入的书来写，除非你找到另一个愿意为之全情投入的麻烦来解决……只有这种不断全情投入的自找麻烦，能让你须臾远离那些不请自来又无处不在的孤独和不快。

现在的少年很可能更聪明、更能干、更有效率，但也很可能更加不快乐，更少感到实实在在的幸福感和满足感。

四平八稳地练习一件事，修习一种技巧，心无旁骛地把自己的热情投入到唯一的一件事情里，长时间封闭训练、单向突进，似乎成了不可多得的幸福之源。如今的家长们似乎也觉得创意是最伟大和高尚的，这我无意臧否，但是他们经常甚至是刻意忘却了，实现创意的技能，才是真正区隔空谈和实干的分水岭。

不快乐的时候，或者只是感受不到快乐的时候，尝试一下做陶吧。专注、投入地度过一个无暇怨愤或者没空吐槽的下午，你也许会发现，真正重要的，常常是被忽略的小事，真正的幸福，代价并不高昂。

雨水温婉，最动人

"一候獭祭鱼，二候鸿雁来，三候草木萌动。"从此，大地渐渐开始呈现出一派欣欣向荣的景象。水獭长相可爱，却生性残忍，食鱼往往只吃一两口就弃置不顾了。所以，它们吃剩下后堆积在一起的鱼尸，在古人看来有点儿像是某种祭祀仪式，是为"獭祭鱼"。另外，水獭直立上身、双手合十的姿势，也活脱脱像是祭拜神灵的合掌叩首动作。

雨水节气的另一个主要习俗则是女婿去给岳父岳母送节。礼品通常是两把藤椅，上面缠着一丈二尺长的红带，称为"接寿"，意思是祝岳父岳母长命百岁。另外一个典型的礼品就是"罐罐肉"：用砂锅炖了猪脚和雪山大豆、海带，再用红纸、红绳封了罐口给岳父岳母送去。

在这个温情又接地气的节气里，如果觉得送伞会产生歧义和不妙的寓意，那就……送个浅渍罐儿吧。毕竟，生活的好味道，都是在小事上耐心下功夫，靠时间和耐心慢慢"渍"成的嘛。

03

惊
·
蛰

惊蛰之器：行炉【春山空】

烧成于 2018 年春节

行炉的内力，
是隐去光彩却愈加夺目

总让我着迷的，是那些自顾自发光、自顾自优雅，却拒绝走向目光焦点处的人、事、物。又或者，他们是在安然又悠然地享受着灯火耀眼处之外的寂寞修炼和孤军奋战。他们静默如谜，他们和徒劳的跌宕保持距离。

第一次看到行炉的时候，就对这种鲜少被人传颂的器形印象深刻。它非常轻盈、纤巧，充满动感和升腾向上的张力，欣欣然营造出一个天使的幻象，仿佛谜一样地旋转出拖影如纱的视觉效果。目光像被施了魔法一样，禁不住长时间盯着它看，似乎没来由地相信，只要稍等一会儿，就一定会看到它旋转着飞离桌面……

自南北朝始，佛教中有一种修持称为"行香"，即手捧香炉围着佛像绕行三圈、七圈或更多。为"行香"特制的香炉既可以固定放置使用，也可以手持行走使用，故称为"行炉"。唐宋时流行使用瓷质行炉，各种窑口均有烧造，据我在博物馆中特意留心寻找所见，多是白瓷或者白底装饰有黑色划花或者剔花的样式。

宋代北方流行高足折沿炉，形如高足杯，为开敞式，宽弧沿（或宽平沿）、筒腹、高喇叭状圈足（就是这款行炉在那时常见的样子）。南宋时期，金所使用的折沿炉在造型上沿袭北宋形制，但在细节处加入了自身的审美意识，特色鲜明。

和大多数人印象中的香炉形象不同，行炉不是黑黑胖胖的沉稳暖男，它有着纤巧高挑、柔美挺立的裙座，搭配着微微下垂、圆润轻灵的草帽形口沿，外表稳重，却有着一颗升腾的心。当炉膛里升腾起袅袅青烟，那个场景无异于自带天使光环的洛神出水，又仿佛一个天真玄妙又脆弱友善的外星生物误降地球。

炉膛下宽上窄的烟囱造型非常出人意料，正是这一点反常，让这种起始于南北朝时代的神秘器形虽然已时隐时现地游走于庙堂和居士之家一千多年，却仍充满了奇幻的现代感，甚至是些许超前的未来感。它口沿的飞升感、炉膛的下沉感和裙座的旋转感，巧妙地操控和愉悦着观者的心情，抑扬顿挫，收放自如，一首绝句、一曲咏叹的起承转合、流转拿捏，也不过精妙至此。这凝固的一阕陶泥，无形无证的半世匠心，能让人借由短短的注视，瞬间沉静，让人相信器物有灵魂，相信灵魂有重量，相信还存在着全然不同于尘世的另一重灵境。

设计出如此契合香器功能和禅法理念的器形，其人想必也"翩若惊鸿，婉若游龙"。

说起行炉的气场和气质，我不假思索地认为它最适合担当的一定是惊蛰的"节器"。让人精神为之一醒，眼神为之跳跃，心情因为早春将临而起伏雀跃，还有比它更合适的吗？

说到仿制这样一只易碎却神秘摄人的古器，那是另外一个充满波折的故事。这个漫长却有趣、让人乐在其中的故事，也慢慢演变成了我小小的"民间实证考古游戏"。

我起初得出了两个显而易见的结论：第一，这样简约且复杂精妙的器形，有可能是通过拉坯做成三个零件，然后在坯体干湿度得宜的时候粘接而成；第二，草帽形"上扬下抑"的造型应该是后期坯体稍微干硬之后用锋利的修坯刀精细刮修而成的。我也确实用自己比较驾轻就熟的接坯手法做出过几只看上去还不错的行炉，但是仔细揣摩之下，总觉得缺少古物那种"翩然误降凡间"的轻盈和某种"2%的成熟度"。如果用一块泥料一气呵成地拉坯，那宽阔的口沿部分又经常成型不佳，变成一把湿答答下垂的"漏伞"，或者因为角度掌握得稍有不慎，彻底塌掉，要么就是过于水平僵硬，像个旋转的竹蜻蜓，而不是在珠峰顶上才偶尔出现的、曼妙的"草帽云"。

古人是怎么做到的？也许靠头脑我们想不出一个结果，也许不问结果地动手操练，反而是接近谜团正解的更快途径？正在我七荤八素地经历着反复的尝试挑战和失败崩溃时，一个怪异的、近乎自暴自弃的念头产生了：如果正面突进没有效果，那么背后奇袭呢？

倒过来拉坯如何？在思路电光石火的闪烁爆燃中，我想到了这个全然逆反的尝试方向。

像拉坯制作一只杯子一样，先在拉坯机的陶轮上拉坯制作一个圆筒，不同的是：这里要做的是师傅教你拉坯时绝不让你做的事情——把底部打穿，然后把圆筒拉高，推压筒壁，修整造型，使之变成一个看似倒立着的"高脚杯"形状。接着，精彩的戏码来了！

如何做出轻盈草帽形状的口沿又不让它坍塌在地球重力无处不在的威力之下？——反过来！利用地心引力帮你造型！

在湿答答的坯体快速旋转的过程中，我用竹片刀的刀尖像削苹果皮一样，把筒壁一分为二，然后仔细地用手指放倒，将这片薄薄的"帽檐"塑形，让它塌倒在下面起承托作用的木质圆盘上，只有边沿微微上翘。这个奇妙的逆向操作几乎和正向拉坯制作杯盘过程中"切底"的步骤一样，只不过正向拉坯需要切掉的泥料现在变成了我们需要保留塑形的"双层坯体"中的外层羽衣。

失败了大约半百次之后，我终于找到了一次成型拉坯制作"古韵行炉"的方式。更加让人惊喜的是，我发现行炉炉膛部分上窄下宽的"反喇叭口"那奇特的外壁曲线，居然和陶艺师经常用到的木质"半月刀"刀身曲线非常契合。我照着肉眼判断得出的推论尝试了一下，在切削双层坯体"外层帽檐"的时候，只要利用半月刀缓缓劈开坯体，就会顺利、快捷地形成行炉令人着迷却又充满未来感的炉膛曲线。

不知道有没有考古学家尝试问过自己，行炉反常的造型是使用什么工艺制作出来的，但是我通过亲手尝试，似乎可以窥见遥远时代的不凡陶工那传奇一般的设计思路和精妙手法。对于我来说，漫长的时间使他们面目模糊，无缘邂逅，但是手艺的教诲、冥冥之中无言的"眼传心悟"和"脑海演习"，能让我建立起一条跨过时空阻隔的凌空廊道，和他们心犀相通，手眼相连。

那一刻神奇的秘契体验，让人如同豁然间一睹壮丽的雪山海岸，恍惚是暗夜里头顶上猝然闪烁出联结天与地的绚烂极光，是彻骨奇寒里的暖酒和穿越戈壁时饮水在瓶子里荡漾的声音，是汪洋获救，也是一见钟情。

围棋高手对弈叫作"手谈"，意指对手间可以通过棋路见性情，通过棋路见思路。此刻的我，通过亲手尝试，挑战失败的试炼，找到通往神秘器形的那条偏远小路，窥见一个不传秘技，如同翻开一页无字天书，找到另一个遁世桃源。从虚空无物到功力圆满，赋梦想以有形，于沉默中证胸次。快乐，最是让神秘不再迷雾重重的时刻；欣慰，当然是将密语破解的欢喜。时间，从不辜负有心人。

回头想想这段有趣的挣扎和小小挑战，为什么说"从未失败可能是最糟糕的失败"？在尝试做一只传统行炉的时候，是亲身经历，才使我最终弥补了这块人生拼图中的谜之一片。

失败之所以会成为资本，是因为经历过别人没有经历过的失败，你才会了解别人不明白的秘密……

每个人，每一天，都生活在过往历史汪洋的包围与浸润之中，但是古往今来，鲜少有人能够掬水月在手，有幸能够细细品饮、端详历史中哪怕纤如鸿毛的细节的真实。无意之中，我得以用自己的方式，稍微揣摩出自己一直困惑又无比好奇的历史深处的一小段密码，何其幸运！

原来，那些谜一样充满意外创造力和反常规设计感的曲线和造型，却最符合工艺技术合理性，最顺手、最舒服，制作起来最有把握、最洒脱且最有快感，水到渠成，落刀器成。这般"天作之成"，除非亲历，难以想象；若非亲为，当真无从理解、无法相信，原来真会有天意，在冥冥中帮助那些不辞辛苦、拒绝妥协的奋战者。原来那些经过辛苦而变得有趣的生活，才真正好玩儿，也才真正值得不停地玩儿下去。原来"天助自助者"，并非主观唯心，而是客观规律。

过了一个春节假期，我真不想承认：整个人不但没得到实际意义上的休息，反而好像生了锈。

春节拙朴工舍放了三周的假，老黄真是个好老板。过了元宵节的第一天，我和太太便急不可待地去"上工"。以往花团锦簇的巨大花瓶里空空如也，说明工作室的朋友们刚刚从探家的遥远旅程中归来，内心仍然需要像大花瓶的瓶口一样张着大嘴缓两口气。石槽里种着的杜鹃花倒是在枝头簇拥着满开，但多少有点儿不完美的焦边。

因为大家都回家过年，只留下两个小伙子看场子，一个春节过下来，工作室的鹅还有看门狗都饿瘦了，只有"东食西宿"的花猫铁蛋仍然体态浑圆，抱着后爪舔个不停，好像能舔出二两大油似的。

为什么惊蛰的"节器"是行炉？

惊蛰是个有趣的节气，小时候我常常会想象惊蛰的场面。地下蛰伏着的各种毒虫和小兽突然被一声惊雷或者是别的什么响声惊醒（在现代城市里恐怕只可能是汽车爆胎的声音吧），然后一脸惊恐莫名的逗乐表情，突然睁大了眼睛看着这个阴阳怪气的世界。每年这个时候，心里都会莫名滋生一些蠢动的念头，算是长久休眠后难得被唤醒的调皮创意吧。这种念头，应该和被爱意瞬间灌满、遭雷劈一样的灵感降临时刻一起，好好珍藏在加密且备份过的个人硬盘里，在那个专门设立的文件夹当中，名字就叫"天打雷劈的三种幸福"。

毕竟，只有春心萌动、爱的决心和创造的欲望——这三样最养人又挺害人的劳什子，最能证明你还活着，最能催促你去拥抱这个不完美的世界，放胆去好好努力。

惊蛰的风俗是"炒虫、焚香、打小人"，听着就挺来劲儿的，又痛快解气，带着点儿东三省的豪爽和湘西人的神秘气质。

细想想，我们是过着"五谷不分，四体不勤"的生活的人，炒虫除害、乞求五谷丰登的事情我们实在做不来，只好焚香祈祷，愿全天下辛苦又辛勤劳作的农人都有好收成，少受病虫害。小人的确可恨，细想之下，又觉得人生中的确没有遇到什么令人没齿难忘的小人。善忘，也是一种实力。况且，半路遇到的绊脚石，会不会其实是个让人变强的机缘和使人成熟的助教？小人，大概不应该是用来"打"的，而应该选个美好的笑容扔过去，让他自行退散。

于是乎，我愉快地决定做只香炉，给蛰伏在墙角檐下的虫子们吹个起床号，也让香气运行周身，叫醒自己蛰伏的精气神儿——春天了，伸伸懒筋吧。

打打小人，求好运

在中国的民间传说里，白虎是口舌、是非之神，每年都会在惊蛰这天出来觅食，开口噬人，犯之则在这年之内会常遭邪恶小人的侵扰。大家为了自保，便在惊蛰那天祭白虎。用纸绘制白老虎，并在口角处画上一对獠牙。拜祭时用猪血喂它，希望它吃饱后不再"出口伤人"，继而以生猪肉抹在纸老虎的嘴上，使之充满油水，不能张口说人是非。这很"中国"，中国式的息事宁人。要我说，趁它刚出来没吃饱，烧了它！岂不是更好？有时候小人还真不能惯着。

古人觉得春雷会唤醒所有冬眠中的蛇虫鼠蚁，四处觅食，所以古时惊蛰当日，人们会手持清香、艾草，熏家中四角，以香味驱赶蛇虫蚊鼠和霉味，后来渐渐演变成象征驱赶小人祸事远离门庭的"打小人"。这也是我们想做个行炉焚香听琴、静心顺气、求个好意头的来由。

04

春
·
分

春分之器：餐盘【昏晓分】

烧成于 2019 年岁初

走过的路，
每一步都算数

做这只盘子的时候，距离我开始学做陶已经过去三年有余，距离我开始设计制作这套"二十四节器"也已经有快两年的时间。在工作室的寒来暑往和光影移动中，心态也发生了不小的变化：已经不再会为了弄碎一只素坯感到内疚，也不再对出窑的日期过分期盼；不再对光洁如玉和薄如蝉翼推崇备至，不再对瑕疵和意外出现在成品上的铁点感到挫败，当然也不会觉得粗糙的手纹之中，有什么亘古不变、沟通天地鬼神的美感。

坚持，成了唯一的坚持，也渐渐成了不需要坚持的坚持。

这就像读一本书，你不可能期望书中的每一个字都震撼你、震慑你、震惊你，否则那本书一定不值得你花时间去读。只有那些耐着性子把书中所有铺垫章节和起承转合都读完的人，才能在书中发现那句真正对你有意义的话。做陶这件事，和所有有意义的事情一样，没有捷径，只有一条必经之路。

得承认，我是个对自己喜欢的事儿很认真的人，却偏偏对自己人生的走向相当随意。顺水推舟地做了自由职业者，靠写字和拍照过活，简直是太过顺水，把舟都给推翻了。学做陶快三年了，每次拉坯起高的时候，仍然情不自禁地咬紧牙关，发力时脸部的肌肉一定非常具有线条感。狰狞即是这模样吧？管他呢！做成我想做的，才最重要——就这样又推翻了一舟。

我们起初的陶瓷作品一定是属于"应当被淘汰的规模以下落后产能"，但是，陶轮上寄托了一些人执拗的自修和对造物过程的看重。

"作品即是人本身。"我们就是那些陶土练手作，歪歪斜斜又脆弱易碎。我们就是回头看去会让人微笑的轻掷岁月，是那些不绕弯地、硬闯挑战的时光所造就的作品。

记得那可能是三年以前了，我非常喜欢陶泥本身红褐色的状态和稍显毛糙的手感，很想做出保持这种原色的陶器来。大家喜欢红褐色的紫砂茶器，可能也是缘于这种对原土色的痴迷和喜欢，不明所以的，根深蒂固的，甚至是直觉自发的。特别是那种覆盖了柔和米白色釉层中不经意流露出来的原土的本色，特别让人感到亲切、自在和舒心。会不会这就是传奇中的所谓"基因记忆"或者"前世记忆"呢？毕竟，人类的祖先都是用着这种原土色的餐具，吃着美味无比的半生不熟的烤肉吧？这种世界大同的审美，要怎么才能解释得通呢？

起先尝试过很多次，都以失败告终，过程很让人崩溃和绝望，最后也真的绝望了。具体来说，原因是这样的：如果用红褐色的精陶泥直接制坯，不上釉来进行较低温度的烧制（也称为"素烧"，窑温800摄氏度左右），坯体会有点原土的红褐色泽。但是这样的陶器会渗水，坯体上的气孔里如果渗入了食物的汤汁和油脂，会残存其中，无法清洗干净，这样就不卫生了。可如果施以其他颜色的釉料，又会覆盖原土的色泽。有一种神奇的称为"透明釉"的釉料，这种釉料如果喷施在高白泥之类的白色泥料制作的坯体上，能形成美妙的"玻璃覆盖层"效果。如果你在白色坯体上绘制青花图案，用它来覆盖，最理想不过了；可如果用它来覆盖红褐色的坯体烧制，得到的却不是原土色的成品，而是略微发绿的青灰色成品。

直到三年多以后，有机会接触到"亚光透明釉"这种东西的时候，问题才迎刃而解。原土的色泽保住了，而且没有那种"贼光泛亮"的反光效果。摸起来也很合手，磨砂玻璃般微微粗涩，但是服帖稳妥，握之安心。

不甘心，是种非常强大的力量。你一直挂念着的，最终一定能够找到，这大概就是所谓的"念念不忘，必有回响"。

至于盘面上的花纹，则又是一个看着简单无比，但是做起来超乎想象的麻烦工艺。如果直接划线上去，上釉烧制之后很可能被釉料淹没，没什么效果；如果用其他釉料划线，一来太过缓慢，根本谈不上"手作"的器物价值，根本就是杀时间，二来会很粗糙难看，而且釉料划出来的线条在喷涂透明釉覆盖之后还有可能产生"晕开"效果，线条会散溢出边界，乱成一团。

最终我的解决方法是先用尖锐的针头在做好的生坯上划出线条图案，然后用刷子均匀地涂刷一层性质稳定并且有下沉渗透特性的氧化铁溶液。经过这道工序，整个盘面变成了铁锈红色，所有精细的线条彻底被遮住不见了。然后在拉坯机上固定好坯体，用线条贴合盘面曲线的锋利的金属刮片小心地刮掉氧化铁涂层，这样一来，盘面上的平面部分再度暴露出来，恢复了原土色泽，只有细针头划出的沟槽里还残留着氧化铁涂料。然后再喷上"亚光透明釉"，送入窑里烧制。

衬托着新鲜蔬菜鲜活水灵的色彩，一块春菜田似的陶盘终于摆上了我家早春的餐桌。一晃，快三年过去了。幸亏，我一直没忘记这个很早以前的念想。

春

P 002 _ 立春之器：俎板盘【冰下鱼】

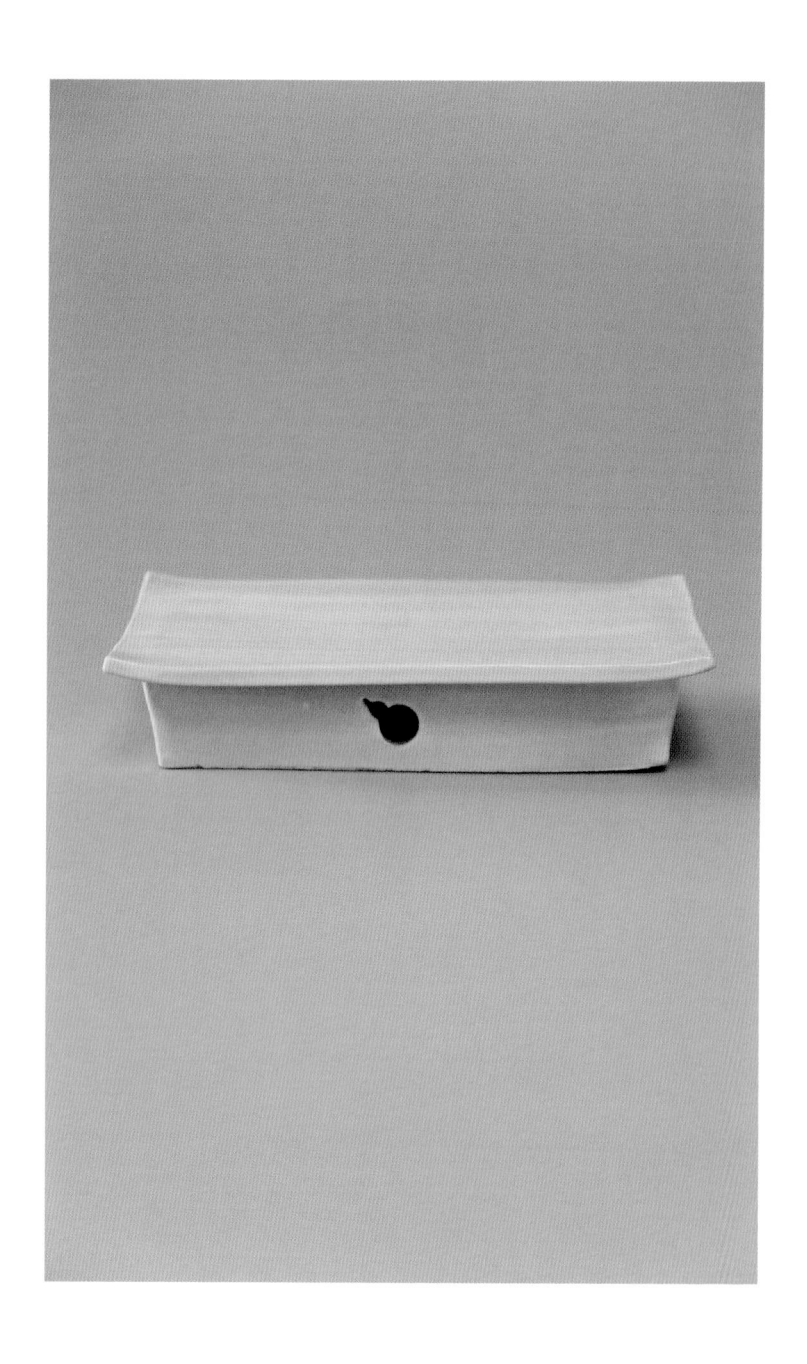

慢慢地准备,痛快地吃掉。

有的时候,最烦琐的过程才是真正的捷径。

青黄不接的时候,真朋友才帅气出场。

P 010 　 雨水之器:浅渍罐【云无雨】

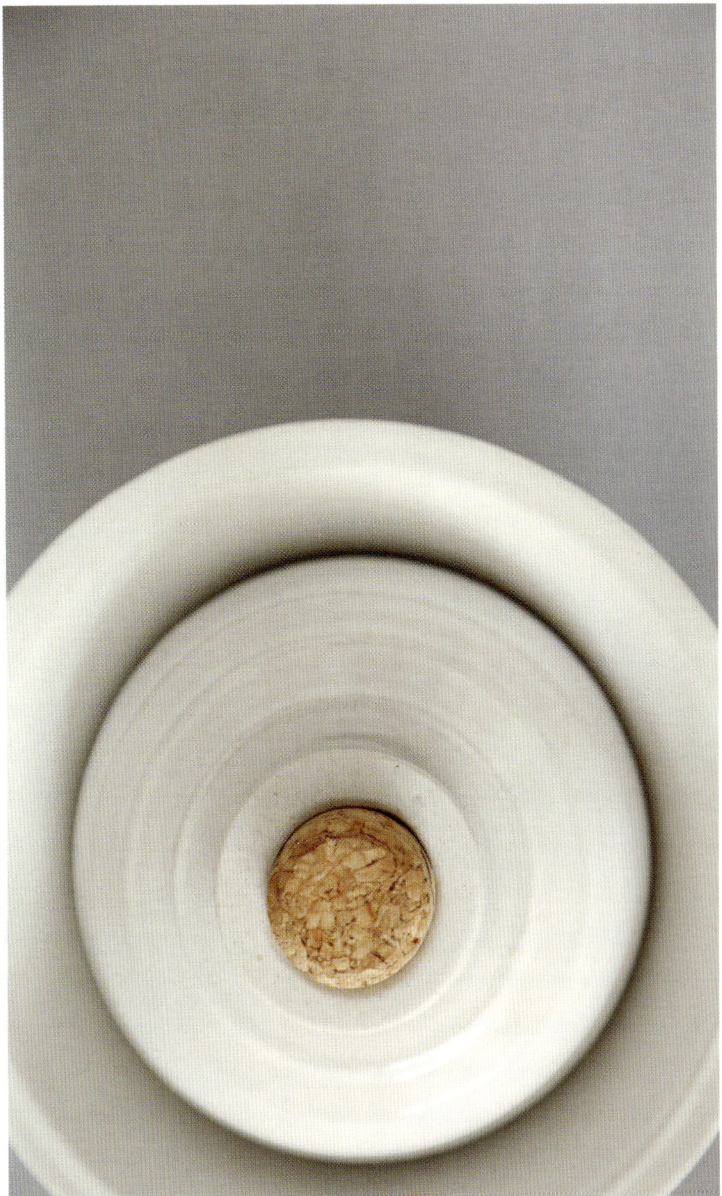

P 018 _ 惊蛰之器：行炉【春山空】

虫子醒没醒不知道，
但是我又活过了一个冬天。

昼与夜平分,

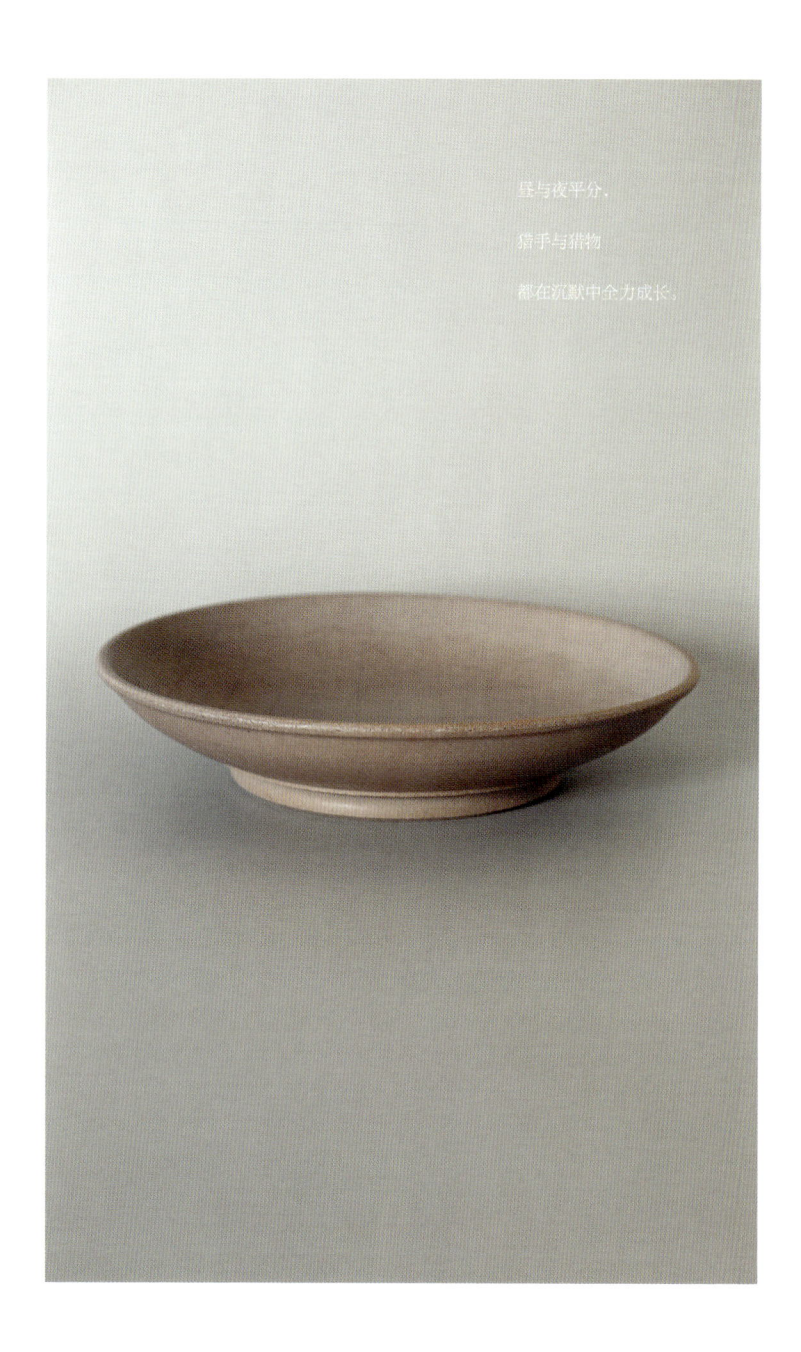

猎手与猎物

都在沉默中全力成长。

P 028 ＿ 春分之器：餐盘【昏晓分】

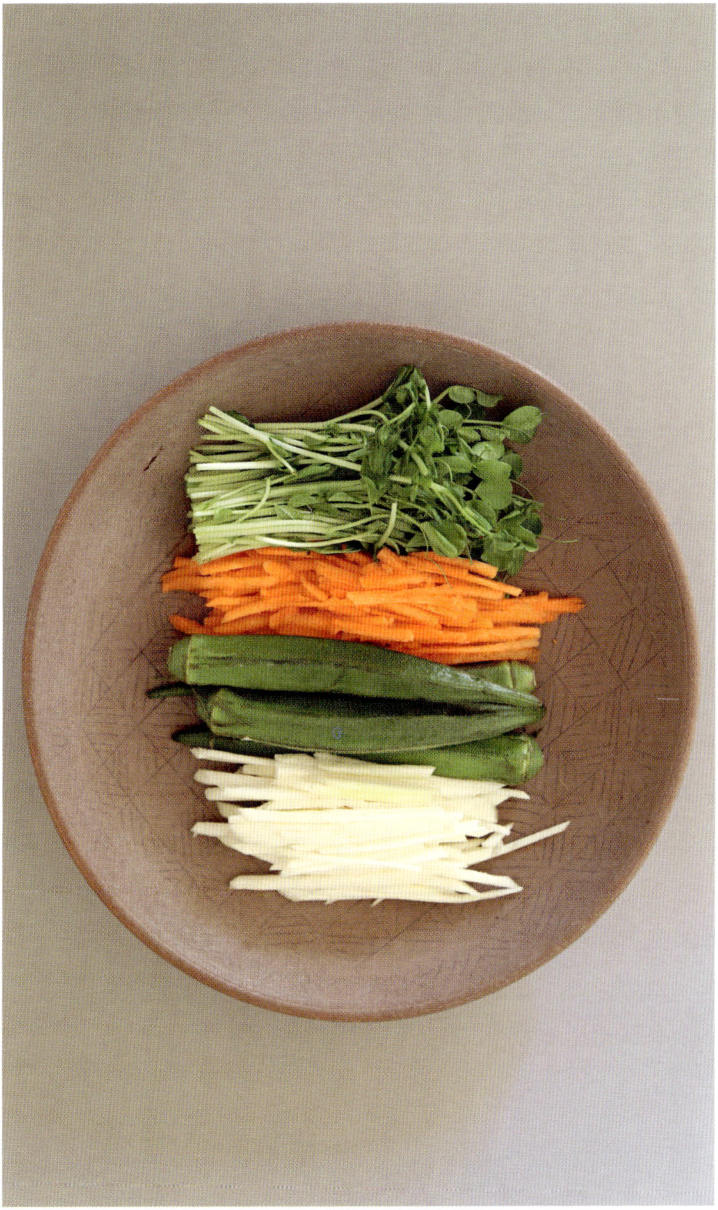

在这样的春风里，

我读到"结束不过是另一种开始"，

都感觉，他写得真好。

P 046 ＿ 清明之器：高足盘【夜草青】

即便是做一只花瓶，

也要有配得上牡丹的精神。

P 052 _ 谷雨之器：纸槌瓶【借牡丹】

补足元气，春日活

春分，是一个真正让人感觉到从冬天"活过来了"的节气。

这个节气的传统玩法是这样的：一是放风筝，并在风筝上写上祝福，希望天上的神看到。二是簪花喝酒，中国古代曾经无论男女老少都簪花，大大方方招摇过市。三是品尝野菜。在岭南，春分有吃"春菜"的风俗。在广东的中山，"春菜"指的是一种野苋菜，又被称为"春碧蒿"或者"马齿苋"。

春分还有一项非常有趣的习俗——竖蛋。

小时候听说鸡蛋在春分和秋分这一天容易竖起来，一直觉得那不过是穷家长糊弄小孩节省玩具钱的法子。直到做起"二十四节器"之后，才发现科学家们居然真的分析过其中的道理。原来，春分、秋分时，南北半球昼夜一样长，地球地轴与地球绕太阳公转的轨道平面处于作用力相对平衡的状态，有利于竖蛋。还有更精确的分析——选蛋也有诀窍，应该选择生下四五天的蛋，此时的鸡蛋蛋系带松弛，蛋黄下沉，鸡蛋重心下降，有利于竖立。城里的小孩，肯定是没这个"必杀技"喽。

05

『清·明』

清明之器：高足盘【夜草青】

烧成于 2017 年秋

挑战重力

关于缘分，有的人会"一见倾心"，也有的人会"一见千古恨"。

我和那只高足盘，就有这样的"一面之缘"，当然，说是"妖孽之缘"更恰如其分。

我一直觉得人遇到自己真正喜欢的东西，是奇迹发生的启动键，沿着这条路走，才有可能出现连自己都无法相信的可能性。高足盘的挑战，就是一个极好的例子。

2016年，因为太太学工笔画十几年，在丝绢团扇上作画也有颇长一段时间，所以当听说她喜欢的工笔画家任重在琉璃厂举办自己的工笔团扇画展时，我们第一时间赶去观赏。团扇的确是倾国倾城、美得不可方物，而角落里的一件高足盘，则瞬间点燃了我的斗魂。

一见之下，倾心难忘，结下"孽缘"。

因为它宽展的盘面如鸟翼轻盈上扬，高足纤细到让人感觉难承其重，不论置物与否及多少，它能够站住不倒，都让人觉得是个奇迹。我当下便为它挑战地心引力的轻盈所打动，也当即决定挑战一下自己的"手艺"，看看能否再现，甚至超越它的轻盈欲飞。

要达到的效果其实很简单：盘面大，能放下一捧飘香满室的应季蔬果或者几块月饼；支柱纤细，整体效果轻盈灵动。那就是成功了。

其实这个惊心动魄的挑战，真正的难点不是做出坯体的"窑外功夫"。要做出坯体虽然很有挑战性，但是风险并不太高。真正让这次挑战的作品命悬一线、生死难测的，是"窑内试炼"，是如何预见、如何把握和制造出曲线角度微妙的器形，明白它在窑内1300摄氏度的熊熊烈火下，会如何熔融、如何变软、如何烧结，又可能如何塌软。重要的，是如何做到和陶泥心有灵犀，做出的坯体既要够薄够大，又要够坚挺、够强度。在它被烈火烧软，甚至接近熔化的时候可以稍微塌倒、外展一点，不能塌成蘑菇状，要塌倒得恰到好处，既上扬顺眼，又轻盈灵秀。这就要求盘坯在做成的时候边沿角度稍微陡峭，但又不能太过，这样才会在窑内变软并外展到合适的角度。坯体不能太薄，否则变软后受不住力；也不能太厚，否则虽然有足够的强度，但是出窑后显得肉感臃肿。

薄厚、大小和角度的拿捏，的确有点儿走钢丝般的惊心动魄。谁说做陶制瓷沉闷无趣？一刀定生死的挑战，在我看来比动作片更刺激且深沉冷酷，有时恰如泰山崩裂而声色不动。制作到烧成之间的漫长等待，出窑揭晓时刻的心跳如鼓，让那些经验老到、指挥若定的陶工甚至稍带上些运筹帷幄的兵家气质，下棋看五步，做陶算始终。

记不得是哪个讨人嫌的"人生剧透大师"说过这么一句话："一样一生。"

不同的人听来，心里肯定有不同的酸楚，甚至有人会暗恼，称得上作品的，这辈子还没得半件……做陶至少有这点好处：花点时间，看看自己的心性是何种"器形"。

比起那些光怪陆离、八竿子打不出一个子午卯酉的心理测试来，做陶这件事，可能更容易看到自己内心住着的究竟是狼，是羊，还是一条牧羊犬。

我琢磨着自己为什么这么痴迷高足盘，十里头倒有八九分是喜欢这个器形的挑战性。容易失败，恰恰是它对我而言最大的吸引力，而且永远都有挑战性：盘面可以做得更大、更平、更薄，曲线更优美；高足可以做得更高、更薄、更细、更流畅，两者的匹配可以做得更协调融合……总之，永远都有改进的余地，永远都有更高的难度在等待着,不服来战。测验结果自然是:地道狮子座一枚。

你内心痴迷、牵念、愿意反复尝试的器形,真个是你内心的快照、性格的肖像。

生者深情,逝者安

清明这个节气,既有祭扫新坟的悲酸泪,又有踏青游玩的欢笑声。清明节的习俗除了讲究禁火、扫墓,还有踏青、荡秋千、蹴鞠、马球、插柳、射柳、放风筝等一系列欢乐得似乎有点儿不合时宜的户外活动。与其说这是锻炼身体,不如说是在抚慰心灵,抚慰那些逝者亲人微冷的心灵。大家趁着春光灿烂,一起来欢乐地期待明天吧。逝者若有知,想要看到的,一定也是这样生机勃勃的你。

高足盘的器形也是这样,无论出现在哪个节气或者春节、中秋的团圆餐桌上,都透着蓬勃向上的生气和喜气,端庄又清秀。更棒的是,还能在已经摆满盘碗、菜色丰富的团圆餐桌上,利用小小的立锥之地多加几个菜!灵动、实用、优雅,又有十足的华风古意。

在山东,即墨人清明吃鸡蛋和冷饽饽,莱阳、招远、长岛人吃鸡蛋和冷高粱米饭,据说这样的话就不会遭冰雹。江南地区清明时有吃青团的风俗,青团还有一个名字就是"清明饼",是将雀麦草汁和糯米一起舂捣,使青汁和米粉相互融合,然后包上豆沙、枣泥等馅料,用芦叶垫底,放到蒸笼内。蒸熟出笼的青团色泽鲜绿,香气扑鼻，堪称清明节最当令的标志性食品。

　　清明前后，螺蛳肥壮。俗话说：清明螺，赛只鹅。农人清明吃螺蛳，在这天用针挑出螺蛳肉烹食，叫"挑青"，把吃剩的螺蛳壳往屋里抛。据说螺蛳壳滚动的声音能吓跑老鼠，毛毛虫会钻进壳里做巢，这样一来，它们便不再出来骚扰蚕，有利于清明后的养蚕。清明节这天，还要办社酒，同一宗祠的人家在一起聚餐。浙江桐乡河山镇有"清明大似年"的说法，清明夜全家团圆吃晚餐。

　　都说华人稳重，甚至有些刻板，可您瞧，华人的幽默感，其实就藏在节气的玩法里面。

06

『 谷·雨 』

谷雨之器：纸槌瓶【借牡丹】

烧成于 2017 年夏及 2019 年春

那一只纸槌瓶

从开始学做陶的第一次课开始，我的老师们就发现我的脑洞比其他徒弟大，而且总有"投机取巧"的倾向和想法。他们想必曾经暗自觉得"这货学不久"，不过，我的老师换了三位，我还赖在工作室开开心心当我的"长期学徒"，每周跟他们打照面。说不准，我甚至有可能变成他们的"终身学徒"。肯定也有老师暗自气不过，我"投机取巧"做的一些作品居然没有在陶窑内1280摄氏度熔铁烁金的熊熊烈火中，化作一坨不明烧结物。

我知道走捷径要不得，泥土也在我企图糊弄它的时候给过我狠狠的教训，但是，我还是愿意为一些怪念头和新点子付出时间和一点点金钱的代价。毕竟，我是业余的，比专业人士更能承受失败打击。我不以此为生，也从没想过出售自己的作品。这点，小刘老师也多少有点儿羡慕。比方当我这次要尝试接坯做一只纸槌瓶的时候，他就不无揶揄又半开玩笑地说："好啊，值得尝试，我们上学的时候，接坯是专门的一门课呢。"

当然，尝试接坯是我每周至少一次往返于工作室和我家两年以后的事了，从起降稀少的西郊机场附近的家，奔赴宽体客机引擎声不断在头顶轰鸣的首都机场附近的工作室。一来二去，稍微对自己的拉坯手艺有点儿自信之后，我开始琢磨心仪已久的仿宋瓷纸槌瓶。

按理说，应该一气呵成地用拉坯手法做出整个花瓶来，不过，我多少有些担心自己整体拉坯制作出的瓶体不够纤薄。而且纸槌瓶的器形一旦做成，你很难再从瓶口把手伸进瓶体里面摸索着估量瓶体的厚度，因而更难做到心中有数地修坯。没准一刀下去，把瓶体给修穿了，也可能因为担心修坏坯体，过早地停下拉坯机不敢再修，导致烧出来的纸槌瓶太厚太重，成了个外观像样，却过于实沉的样子货。所以我决定：在对自己的手艺有十成信心之前，先用接坯的方法做一只稍微大些的纸槌瓶，来一次自我挑战。这样有个好处，接坯做纸槌瓶要做的两个部分（一个是直筒展沿的杯形器，一个是大腹收口的罐形器），拉坯修坯都比一气呵成的纸槌瓶更好掌握，当然，不利或者挑战之处是修坯和粘接组合的过程都要在相对容易变形的湿坯阶段进行，失败的风险要高一些。

尝试和挑战仍然是从拉坯开始。先拉坯制作一只没有盖子的"大茶罐"，虽然没有盖子，但是仍然要做出子口，方便后续粘接上瓶颈。这个阶段最冒险的事情就是瓶腹顶上的收口部分形成的"肩膀"。湿软的泥坯在旋转的陶轮上逐渐成形，手上轻微的不稳当，或者角度掌握得不够得当，就会导致要么得到一个不够帅气和犀利的"溜肩膀"瓶子，要么就会失手让"肩膀"掉到"肚子"里去。当然，后续修坯的过程中，如果没掌握好干湿度和厚薄，"肩膀"和"脖子"仍然可能一起掉进"肚子"里。

拉坯完毕，自然就轮到拜托太阳能争分多秒地把坯体中的水分赶出去，在天黑前让坯体干燥到既不是全干，仍然可以用泥浆粘接两个部分，又不能太干，能够用修坯刀把两个坯体削薄到轻盈且坚挺，强度和薄度都适中的状态。在湿与干、软和硬中间找平衡的过程，在刀锋和泥土中摸索临界点的体验，虽然整个人一直是一声不吭，像座雕像一样近乎静止地在忙活着，可是做陶的时候，我的内心波澜到仿佛剑客过招，拼死对决，全神贯注地体会着指尖上每一个细小的触感，拿捏着每一次轻微的力道大小，说是充满惊险和刺激、长时间承受着挑战的跌宕和张力也未尝不可。

我的确也在做陶的时候缘木求鱼地尝试过投机取巧的捷径，不过在有一点上我从没走过捷径，也没逃避过，那就是坚持节奏、步履不停。

我从来没有忘记那个温润的宋瓷纸槌瓶，也没有停止造就它的念头。我敬畏它的来处，敬畏成就它的年代，喜欢每一撮塑造它的泥土。我为每一次缩短与它的距离而幸福，为每一次准备制成它的拉坯练习感到快乐。我准备、练习、接受挫败，从变形和毁掉的陶坯中习得教训。我不急、不停、不抱怨，心心念念的，都是它。

我变成了另一个我，至少在陶泥面前，我看到过自己的另一种潜力和另一种坚持，那都是我喜欢的自己。

巧的是，就在我开始挑战这只纸槌瓶之前，工作室的黄老师改造了一下空间格局，为我们这些长期学徒隔断出一个特别的空间。在一个更加有助于全神贯注的空间里，我得以完成了几件挑战自己制作水准的作品，这只纸槌瓶便是其中之一。我相信在它高挑挺拔、光泽温润的外表下面，还有工作室这帮朋友不言的关照在。这种关照，恰巧像是节气变换改变着作物的长势和收成，他们的努力和灵犀也改变着我们作品的面貌、成色和气场。

做陶，给过我一重信心，在无所求的坚持之中，意外做到了自己不曾想过，或者曾经认为自己永远做不到的事情。尽管我可能永远不会用到这重信心，但是有过和没有，差别很大。

刚刚开始学陶的时候，老师说过这么一段话："先不要想着薄如蝉翼，更不要想着晶莹如玉，你可以先想象着你最想要的器形去练拉坯，但是仍然要从拉高一个直筒开始，接受自己注定会失败这个事实，接受自己会失败很久这个宿命，但是要有个念想，有个目标，这会有很大的不同。"

两年过去了，我每次拉坯或者修坯失败，都会在心里半开玩笑地对报废的陶泥或者瓷泥坯体说一句："下次再见吧。"然后把它们扔进回收桶，加水和泥，重新利用，争取他们重生的时候能见证我手艺的一点点进步。

两年过去了，夏天刚刚开始的时候，洋水仙花落，只剩下青绿修长的叶子。我终于看到自己做出的那只纸槌瓶出窑，摆在我面前的，是一捧似有似无的影青。我听到自己情不自禁地说："我们，终于见面了。"

做出这只纸槌瓶的泥料，确实来自我的回收泥桶。我之前无数次失败、告别的洁白瓷泥通过混合和转生，泥料的颜色变得柔和而不夺目，温婉可人。影青的发色仿佛高积云刚刚褪去的夏日天空，那几个杂质造成的小黑点并不让人讨厌，至少我不嫌弃它们，我可以自我陶醉地说它们是远空飞鸟的离影，或者坦诚些，那是一个初心不变的千年学徒在反复试炼的长长答卷上的标点。

我相信自己无论如何努力，做花瓶的手艺也敌不过宋人，更何况还有景德镇众多的大师。不过于我而言，这半抹假天青，这一只仿宋瓷，的确是此时此刻我内心最大的敬畏和仰望，是我挑战自己人生U形转弯的勇气。

我曾经为了宋瓷的素淡从容和旷达淡定远飞了许多个目的地，参观了不少博物馆。那若有若无的青色，那不容增减的器形，让人无话可说，无从挑战。能亲手做出它来，是我那时无法想象的幸福，以后，会是"我之所以是我"的旁证。

我相信，这样一只色泽浅淡、造型简素的纸槌瓶，配得起谷雨时节满开的牡丹。

雨生百谷，雨生花

谷雨是春天的最后一个节气了，夏天马上就要到来了，带着西瓜的甜润和荷塘的气息。

中国古代将谷雨分为三候："第一候萍始生，第二候鸣鸠拂其羽，第三候为戴胜降于桑。"是说谷雨后降雨量增多，浮萍开始生长，接着布谷鸟便开始提醒人们播种了，然后是桑树上开始见到戴胜鸟。

牡丹因为此时正是当令盛开，所以干脆就被人们唤作"谷雨花"，大概是唯一有此殊荣独占一个节气的花朵了吧。配着刚刚上市的新茶,赏一瓶满开的牡丹,消磨一个愉快的下午,才是这个节气正确的打开方式。

07

『立·夏』

立夏之器：莲花盆【荷塘月】

烧成于 2019 年岁初

蛙鸣请脑补

毫无疑问，做陶制瓷是个粗重的活计。从揉炼泥巴开始，经过泥水淋漓的拉坯、烈火熊熊的烧制，最终产出的却是盈润细腻、光洁如玉的成品。每每从混沌难分的大缸里掏挖出大块陈腐好的泥浆泥块的时候，都会有点儿感叹手艺人的辛苦。因为冬天泥缸奇寒刺骨，所以买了一双超长的橡胶手套，有次拙朴工舍的小郑老师看到，慢悠悠地说了句："我掏泥的时候直接用手。"想想也是，洗手和洗手套的麻烦程度没啥区别，用于效率还更高些，不过一到冬天，还是忍不住拿出那副手套来用。

小郑老师二十出头，黑瘦精干，话很少，手艺好，麻利地操持起各种活计来，自带老师傅的气场，有种令人羡慕的淡定沉稳。身材也好，从事一种很吃力很燃脂的手艺，是他的日常状态。因为有创造作品的成就感加持，坚持做陶比起坚持健身来，似乎更容易些，也更能潜移默化地全面改变一个人的身心。黄老师对做陶的辛苦毫不讳言：做陶累腰，最好同时练习太极拳。

做陶和太极，说是中国式的身心修行也未尝不可。

打算为立夏这个节气设计一只荷花盆。念头的产生是因为《浮生六记》里陈芸用荷花来熏茶的描写，况且，荷花和陶匠一样，都是从泥巴里造物的，在精神上好像也蛮般配。对于喜欢莲花，家里又没有地方摆大水缸的人来说，可以在案头莳养的钵莲，就是书桌上的"瓦尔登湖"、微缩版的"曲院风荷"。初夏的龙泉荷花盆接档春尾的谷雨牡丹瓶，迎香入室，引蜂敲窗，季节感充盈饱满。

谷雨未至，我就在花盆里种下一节短藕，希望节令到来的时候，能看到一枝出水的莲苞。当然，荷塘月色和月下蛙鸣，需要观者自行想象一下。

2019年春节前最后一次去拙朴工舍做陶那天，我的立夏节气荷花盆出窑。我已经记不得这是第几个版本了，只记得这是我在设计"二十四节器"的过程中，修改设计、推倒重来次数最多的一款，也许因为它是设计最晚定稿的一件。很可能其他所谓"完成"和"定稿"的设计，在将来的某一天，仍然会因为我看不顺眼而推倒重来。

这区区一个花盆，做起来却很心惊肉跳，原先让我相当得意的镂空石鼓凳盆托，端详过一阵子，冷却几周之后再看，就感觉到有点儿太过张扬中国元素，显得做作无当，最终被舍弃掉了。

在做陶这件事情上，真的是做得越久，对自己的作品就越不满意。

这着实让人怀疑起"一万小时定律"来了。那可是我的精神支柱，让我斗胆相信自己能从一无所知的零基础里，修炼出点儿"玩儿泥巴"的手艺来。

"一万小时定律"是很燃情的概念模型，也是粉红色的理想主义泡沫理论。这其中寄托着很多人对理想生活和生命价值的梦想和期待。在这尘世间，它像朵莲花一样，寄托着很多人对正直生活、自食其力和理想世界的微茫希望、内心诉求和呼唤。

耐得住一万小时的寂寞和下一万小时的笨功夫练习，就诸事可成，或者一定能成为某个领域的专家吗？现实是残酷的，不计得失地忘我努力，最终未必能保证你抵达梦想的终点。从我做陶的经验来看，我每周练习拉坯一天，八个小时，尽管坚持了几年，但比起连续几周天天练习拉坯几小时的同学来，我拉坯功夫的扎实程度还是不如他们，而且，连续苦练的同学更是早得多地获得了创作自由。请记住：稀释了的一万小时，远不及浓缩连续的五百小时。

"一万小时定律"不应该被简单理解成"花一万小时的工夫一定能成为领域专家"，而更应该被理解成一种劝导——不假以时日、无欲无求地练功实干，任何想法都只能停留在纸面上和空谈中。努力并承受失败，不断练习，以及不放弃的勇气，才使人有能力赋梦想以有形。那些投机取巧、哗众取宠或者夸夸其谈的"皇帝新装"式的饥饿营销，在努力磨炼过的有技在身者和明眼人看来，都不过是虚张声势的假药贩子，在货真价实的手艺家面前，可瞬间作鬼畜退散状。

也许我们应该把"一万小时定律"看作劝喻、看作鉴伪标准而不是成功秘籍，应该把它看作发愿初心而不是招摇口号，否则，把这话始终挂在嘴边的人，反而会被人一眼认出不过是另一个"标题党"和好龙叶公，让人秒懂什么是"说就天下无敌，做就有心无力"。

用结果说话、用作品证明，当然和口吐莲花有着天地差距、云泥之别。拿出真材实料来，有真招实技傍身，才对得起你花掉的一万小时的宝贵生命。

从前有荷，也有蛙

《浮生六记》中，关于夏荷有这样的行文："夏月荷花初开时，晚含而晓放，芸用小纱囊撮茶叶少许，置花心，明早取出，烹天泉水泡之，香韵尤绝。"

在书中，他们尝试种植钵莲：把老莲子的两头磨薄，放入蛋壳之内，让母鸡暖孵它，待幼芽长出就取出来，再用陈年的燕巢泥加少许天门冬的块根，捣烂拌匀，将老莲子幼芽植入小的器皿中，用河水浇灌，早晨沐浴日光。不久花开之后，花朵大如酒杯，叶片却缩如碗口大小，亭亭可爱之极。

许我穿凿附会一下钵莲的精神吧，这不是园艺的气场，而是你我一般斗室容身的人们，在七步之宅、方寸天地里，也要辗转腾挪、兴致勃勃地活出点儿名堂和斗魂的执念。沈复这对伉俪，不争功名、利禄由天、生死有命，曲曲折折却坦坦荡荡地过着自得其乐的生活。他们直心直意地活着，没有揽到明月多少光芒，却也笃定地拒绝俯身到沟渠里，去捞月亮的碎影子。

08

『小·满』

小满之器：沙拉钵【一垄田】

烧成于 2016 年冬

小满盈满，
不是志得意满

几年前，刚开始学习做陶不久，频繁尝试突破定式，也力求练习不同的技法和具有挑战性的器形，经常做一些想象中的器物，为创造前所未有的东西而志得意满。那段时间，拙朴工舍的小刘老师经常一边好奇地看我鼓捣"怪物"，一边问："郭老师，想表达什么？"

我基本上无言以对，只好说："练习和尝试而已。"

后来经过多次失败、振作，再尝试和再失败，慢慢变得不太在乎。渐渐接受失败是试错、调整和修炼的一部分，能比较平静地面对时间成本，不太在意挫败感带来的"情绪成本"，也不再愧于向人坦承某件作品是个失败的尝试，或者行进路上的一级脚下台阶。

慢慢发现，做陶的乐趣和光点之一，是作品的"写心"功用，时间的雕琢总让人感慨和赞叹。其实，只有抗拒放弃、脸皮厚、对自己诚实和坦白的人，遇上了那些具有让自己莫名坚持的事情，比如做陶，才有可能看到时间的雕琢。实际上，那时不计代价的坚持，一直在无言地雕琢着时间流逝中的作者本人，而非只是作品。

只有先放下"表现自己灵魂的闪光"这种念头，才能多少接近"闪光的技艺"。接下来，你需要再放下表现自己"技艺的闪光"这种念头，才能多少接近既好用又好看的造物水平。到了这个时候，一个制作者的作品才开始和使用者进行顺畅的交流，获得他们的理解和共鸣，变成对别人的人生有意义和有影响的作品。

陶瓷的妙处在于，它和器用千百年的朴素关联，使得它和日常起居、人间烟火有着天然的亲近和顺理成章的情谊。做陶的最终目的是被喜欢使用并且经常使用的人捧在手心。虽然作者难得亲眼目睹使用者和器物互动时刻的脉脉温情，但在心里想想，也是让人快乐的。比起被贴上艺术的标签供在展厅殿堂，陶艺家更喜欢他们的作品被随手放在案头和橱柜，成为他人幸福的一部分。天寒地冻又被迫加班，公交车还迟迟不来，在站台空等的时候，一场小雪让暗夜更加难熬了。还好，家里有一碗浓汤在等着我，捧着满满的美味，隔着碗壁，能真真切切感受到传递出来的热力和关爱抚慰……做陶人的幸福，大概就是这个时刻、这种感觉吧。

这只小满沙拉钵是用印坯工艺做的，其实用拉坯工艺来做也完全可行，不过当初做的时候，正是我练习拉坯练得最挫败最崩溃的时候。如果对自己不够狠，这种分量的挫败完全能让人崩溃到放弃。因为我的身份只是个制陶爱好者，所以这种崩溃后的放弃几乎是顺理成章的。人是很会给自己找借口的，可以为几乎所有的犯错和放弃都找到顺理成章的借口。

但是做陶的经验告诉我，逃避、放弃是完全没有用的。如果管用，也一定只管用一时，到头来你一定会意识到：好走的路多半是弯路，开始时顺利的剧情往往以悲剧谢幕。这个无声又无情的"老师"告诉我的事情太多了，受益良多，慢慢道来。

当时之所以想用印坯来做这个器形，其一是因为沙拉钵需要做得大些，要有相当的容积才行，还要留出搅拌蔬菜使它们和调味汁充分混合的空间。那个时间段，我拉坯的手艺还很涩，一下子做不出这么大的坯体来，又一次，头脑里玫瑰色的设计泡沫膨胀的速度超越了手艺精进的速度。于是想偷个懒，尝试一下印坯吧……也许能稍微品尝一下成就感的甘美？

实际上，印坯是个看似甜美，尝来却苦涩的果实，难度并不输于拉坯，遇到的问题也是各种各样、层出不穷。拉坯不熟练的时候会歪掉、塌掉和漏掉，印坯遇到的问题则是裂掉、变形和粘住模具。根本没有什么捷径，这是两种制坯手法唯一的共同点。毁掉一堆坯体之后，继续坚持到总结出一套自己的失败心得，是唯一走得通的路子。如果不是靠这门手艺吃饭，谁愿意忍受这么多次一无所获的挫折？即便是不得不靠它吃饭，也有不少在吃上饭前就被一连串挫折所吞没的成本打倒，另觅生路去了。

后来我渐渐发觉，去购买那些手工痕迹很重的瓷器，于我而言不只是对所谓"朴拙之美"的认可，更是对现代手艺人"堂吉诃德式"生活方式的支持。他们没有挑战风车，而是在挑战自己对抗挫折的耐受力。目的大概只有一个：走自己必须走的路，吃自己愿意吃的痛，用某种负重和痛感，确认自己存在的意义，挑战投机取巧的游戏规则。在他们看来，自食其力的踏实和心安，万金不换。

手艺必定完败于机器，无论数量，无论质量。唯有那种亲手创造的实感，无法替代，无比熨帖慰心。

一开始，不知道是有意为之，还是缘于中国式的人情练达和含蓄内敛，拙朴工舍的老师们一直保持着"我不问，他们就不主动灌输创作概念"的状态。当然，这是在我已经坚持念完了他们的"陶艺初级班"长期课，基本的手法和规则、工序他们已经详细教授给了我之后。

后来我发现了个中缘由，一旦我提出自己的问题，他们都会知无不言地把一切细节悉数道尽，倾囊相授。想必他们也知道，从我那副神完气足的架势上就能判断出来，我不是来当学徒，而是来当"艺术家"的。现在看看，如果我在路上遇见仅仅三年前的自己，我都懒得搭理，说真的。现在可以放心无碍地说，那时候的我想学做陶，多半也就是想发个微博嘚瑟一下，给自己多贴个"手艺人"的标签什么的。

但是有些事情，真的是自带天地造化和上古灵气，能让人突然在浮躁的尘土飞扬里回过神来，无言自问："我这是在干些什么？"然后重新梳理本质，忘却形式，慢慢品尝那无足为外人道的安宁与甜美。陶轮旋转时发出的枯燥低沉的噪声，就有这神奇的力量。

必须先躲到一隅静下来，才能听到自然的天籁。

沙拉钵表面的铁釉，搭配有筋肉感的三足，会让人联想起巴塞罗那那些由高迪亲自设计的铁艺护栏和托架、扶手，无论是神龙还是蜥蜴，都是他所钟爱的灵动神兽。这层铁釉有种特殊的效果，就是水滴在上面似乎干燥得格外快，至今我仍然不知道那些水分是被迅速吸收了，还是因为铁分子的某种神秘特性，使得上面的水分蒸发得格外迅速。

小满未满，得盈满

二十四节气里，小暑之后是大暑，小雪之后是大雪，小寒之后是大寒，只有小满之后没有大满，而是芒种。在中国人的心里，大满并不是人生最好的追求。

小满，其含义是夏熟作物的籽粒开始灌浆饱满，但还未成熟，只是小满，还未大满。农家从庄稼的小满里憧憬着夏收的殷实。"满招损，谦受益"，太满，招致损失；不满，空留遗憾；小满，才是最好的状态。

《月令七十二候集解》："四月中，小满者，物致于此小得盈满。"又云："斗指甲为小满，万物长于此少得盈满，麦至此方小满而未全熟，故名也。"

小满时节，天地中阳气变得充实，雨水开始充盈，作物茂盛生长渐至成熟，正是一片生机勃勃的景象。麦粒开始充满，绿已成荫，塘已满荷，蚕已成茧，门边的石榴花开得火红，黄鹂啼叫杨柳依依，豌豆荚装满翠绿的珍珠……樱桃红，杨梅紫，枇杷黄，但都是小小的饱满。

小满时节，一切都在厚积薄发。小满未满，所以欣欣向荣，这恰如人生，总需要一丝小小的期待、小小的进步，带来小小的满足，而人生也不求太满，因为小满即是圆满。《菜根谭》道："花看半开，酒饮微醉。此中大有佳趣。若至烂漫酕醄，便成恶境矣。履盈满者，宜思之。"

趁此大好初夏、小满时节，检视自身，以达小满，方不悔走这一遭快意人生。

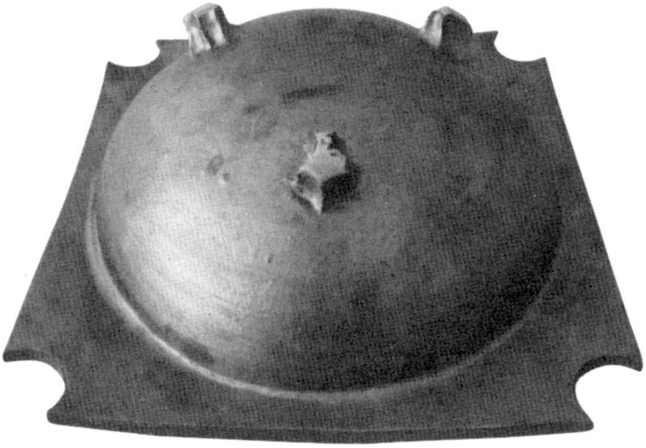

09

『芒·种』

芒种之器:温酒壶【青梅雨】

烧成于 2018 年仲春

煮酒送花神，
保持斗魂

料峭倒春寒，北京下了一夜的冷雨，接下来的一天仍然是冷飕飕、湿漉漉的春日。拙朴小院今天的日程是去年秋季开班的"陶艺制作长期班"结业式，大厨郑哥、彭姐和染织工坊的邹老师、陶瓷工坊的姑娘们一整天忙碌不停，拙朴工舍的主理人老黄和助手小郑老师还要现场完成一次"拙朴坑烧"。这样的大聚会每年两次，我已经记不得赶上过多少回了。姑娘和小伙子们的烤串儿做得越来越地道，风险很高的现场坑烧也做得越来越棒了，从一开始的破碎率和心碎率都很高，到现在每一窑都惊喜不断，满满都是成长感。在升腾的烈火中用长柄铁夹取出通红冒火的陶土作品，怎么看，都是一场无畏火舞，蓬勃斗魂。

对能够坚持的人来说，时间从不辜负你，的确。

老黄又一次重新装修了小院儿的展厅和咖啡厅，金工工坊制作的黄铜吊灯配上希腊风格的白墙隔断，原木展架上四平八稳地摆着气场强大的柴烧花器，一簇淡雅的芍药花开得志得意满又云淡风轻，想必是老黄和太太共同完成的点睛作品。老黄和宝贝女儿小米安静地并排坐在高脚凳上，看着窗外的淅淅沥沥和郁郁葱葱。灯光温暖，隔壁是大家放松愉悦的欢声笑语。慢慢集聚的初春雨水从金银花的翠叶上倏忽滴落，发出几不可闻的"啪嗒"一声。

今天要给重做的"芒种温酒壶"上釉，心惊胆战地忙忙碌碌，结果一不小心犯了丢人的低级错误，把一只接坯工艺制作的长颈花瓶的瓶颈弄断了。在同样的地方跌倒了两次，希望不会有第三次吧。做陶虽说充满了静谧感和禅意，其实，也相当刺激，无声之处有惊雷，一念之差千古恨……

上次做温酒壶的时候本来已经设计定稿，但是不甘心，重新来过。

当时因为做不好把手，对于比较长的把手没有十足信心，特别担心在干燥过程中发生断裂，所以做了一款没有把手的长颈温酒壶，使用时需提着瓶颈倒酒，说好听些是追求简洁（当然事实也是如此），但是对于我来说，这个器形无疑透露着逃避现实的心态。作品完成之后放在那里，应该说看上去和用起来都是让人满意的，用来温酒或者当作"水注子"泡茶、做手冲咖啡都很合手，出水均匀利落，线流和滴流都能控制自如，我对它的壶嘴还是挺满意的。但是心底里还是放不下，过不了自己这一关。

夏

做一只莲花盆，

让夏天早来几天，

让夏天可以摆在眼前，

让夏天看上去更像夏天。

夏天过去以后，莲盆不如就让它空着，搁些回忆。

P 060 _ 立夏之器：莲花盆【荷塘月】

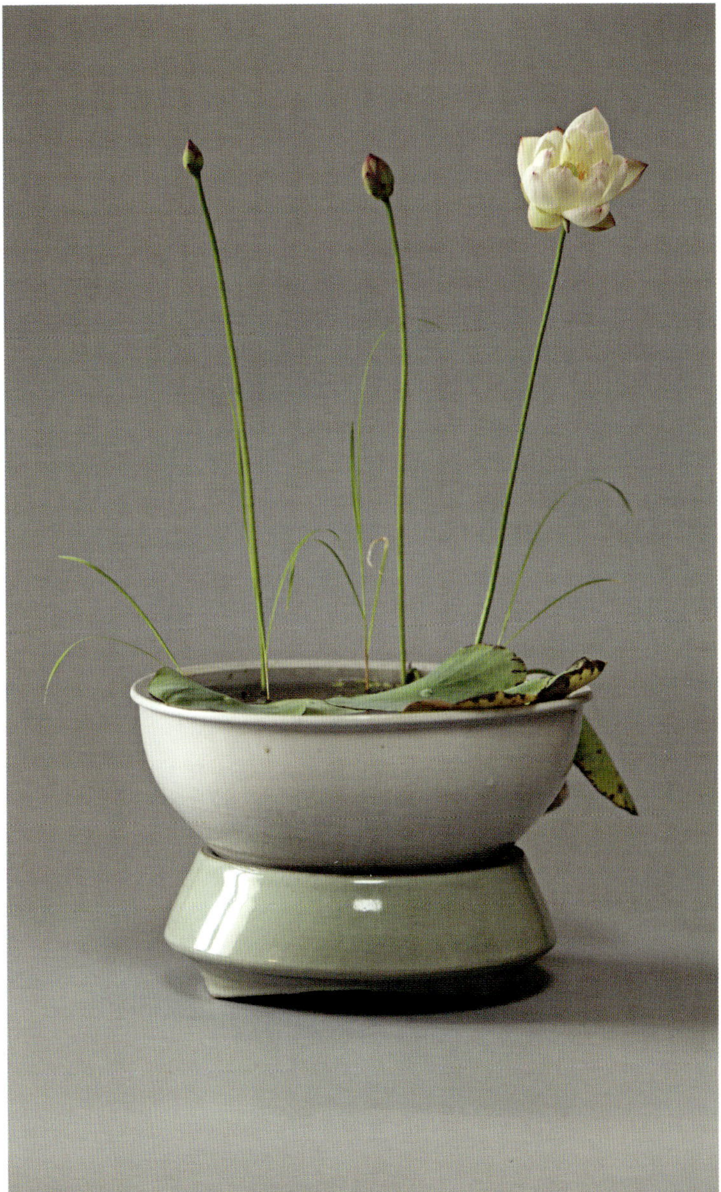

这个时节不要想东想西,

要吃得新鲜水灵,才对得起天地滋养。

小满之器:沙拉钵【一垄田】

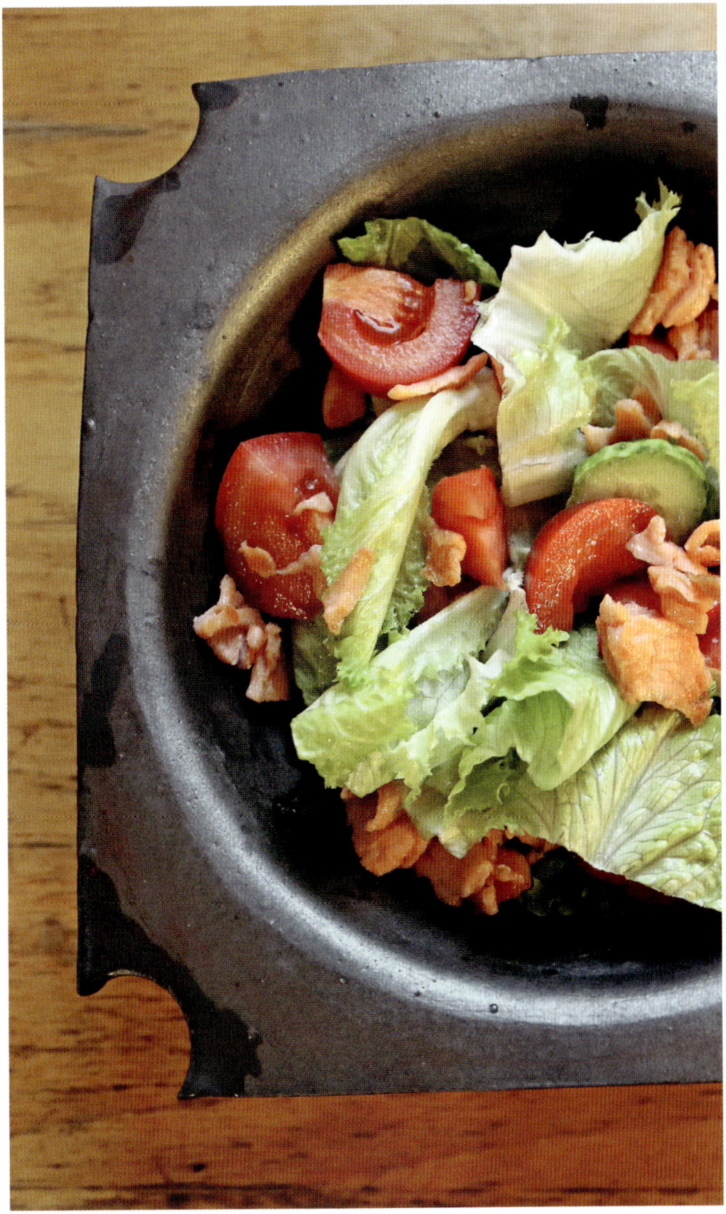

P 074 _ 芒种之器：温酒壶【青梅雨】

新酒,要烫热再喝;

伤心事,要趁热忘掉。

每一个自己做菜的人,

都是在赤手空拳地建立起自己的小宇宙,

哪怕,只是做盆凉面。

P 092 _ 夏至之器:凉面盆【趁凉吃】

用它来冲咖啡,

用它来冲茶,

也用它来冲淡些心不甘情不愿。

P 104 _ 大暑之器：西瓜盘【蕉荫下】

躺下睡个午觉,梦见头顶有棵芭蕉树。

重来吧，不达不休！

天下有些人、事情和物件，一见之下平淡不惊奇，你须得见过很久之后，方知道它的闪光点在哪里，方知道它在哪一方隔山隔水的天地里才能闪耀光芒。"飞青"就是如此。

以前见到飞青这种"君子豹变"的釉色是在一只玉壶春瓶上，盈盈春水落叶飘，一见之下只觉得视觉上有种新鲜感，并无太大触动。等到设计芒种温酒壶的时候，脑海中才突然闪过这种奇妙工艺的幻影——酒酣耳热、静夜长谈之际，背景中模糊的光影斑驳，灯火阑珊处的灵感闪烁，正好和这飞青的散漫又潇洒押韵合拍、一见如故，不是吗？

重新设计的温酒壶除了容量更大，配上了把手之外，还重新设计了温碗。

我对于大碗的设计一直有个疑惑和不甘，就是对于装满热汤滚水或者热菜的大碗来说，把它从灶台桌面上拿起来，的确是种挑战，经常把人烫得双手摸耳垂，呲牙咧嘴疼得直叫。这次，我打算在温碗的设计上，新账旧账，一起了却。

"少此一举碗"。

这是我给新设计的温碗取的名字。

在碗底高圈足的上面，设计制作一圈"土星环"，高度正好容得下手指，这样一来，无论里面盛着滚烫的罗宋汤还是温酒用的开水，都可以轻松舒适地一手端起，不怕烫，不怕滑手。我希望上面的酒壶和下面承托的温碗一清二白，青涩甜美，温暖醉人。

这样的碗，无论是端酒对酌的人，还是上菜洗碗的人，都能握得更紧更舒服，都能更安心更愉快地使用。这设计不是为了耀眼出挑，是为了"温婉"好用，为了顺手亲和、温度怡人；让它接触起来很平易，却保有暖人的内温。

冷热得宜有分寸，层次丰富又周全，这样的性格，多好。

对酒当歌，对月酌

芒种节气本是既阳刚又阴柔，兼备豪迈和清纯的日子。女人们感怀一年花事了，在这一天送花神；男人们则青梅煮酒论英雄。剑胆琴心、含蓄内敛的中国人，其实也浪漫得与日月同辉。邀友煮一瓶梅子酒来喝，或者狼毫浓墨写一纸小楷花笺，挂在自己最爱的枝头。或者像老黄他们一样，在花团锦簇的树下来场开怀的烤肉，大快朵颐、热闹欢聚，在同道中人众目睽睽的见证下，挑战烈焰升腾下刹那定成败的创造，与不事张扬的惊心冒险。

好好告别春天，准备享受西瓜和睡莲，准备好迎接流汗和蛙鸣的仲夏季节吧。

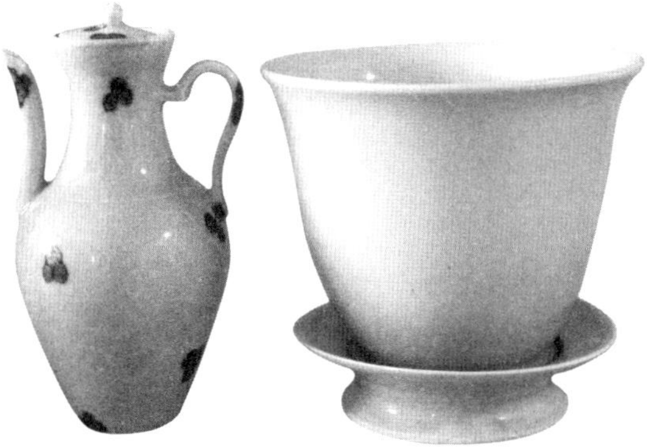

10

『夏·至』

夏至之器：凉面盆【趁凉吃】

烧成于 2017 年冬

凉面盆里的
自制小宇宙

天气热的时候，做陶是我能想到的最惬意的消夏方式了。老黄的小院儿里有鸭子和鹅懒散的叫声，以及它们偶尔搅动池塘的水声，厨师郑哥和彭姐准备午饭的动静和令人食指大动的炒辣椒的香味早早从餐厅飘了出来，引来一两声狗叫以及墙头野猫挑衅性的回应。因为位于机场附近客机航线正下方，掠过头顶的罗尔斯-罗伊斯喷气引擎的轰鸣也必不可少。它们或者抖擞精神全力咆哮着冲向云端，或者在跨大洲越大洋航线的末端，尽忠职守地全力演奏着旅行奏鸣曲的最后几个小节。它们从棉花糖样的高积云下面钻出来通场降落的动作，从地面行驶的车窗向外看去，犹如静止在云端，摆好姿势等待着摄影师按下快门，拍摄它们和云朵的合影。

碰上这样有"静气"的做陶日，当下安生，也心生感激。一个地方，打理得漂亮不容易，打理出自己独特的、欣欣然抚心轻快的"场所精神"，则殊为难得。当然，对于黄老师一家人和他的团队来说，这不过是"月亮的正面"，一旦你成了专业的陶艺工作室经营者，月球正面和背面你都要跋涉，手艺人精神和肌体上经历的极寒和炙烤都是日常。

做一只凉面盆，盛满凉面之后，看上去是不是很有食欲？端起来是不是合手稳当？口沿和曲线用起来是不是就口又称手？吃完面洗碗的时候是不是好握又不容易打滑脱手？朴素的器形其实最诚实，自己学陶的成果如何，一用便知，也只有用后才知。

一直觉得做陶这种创作不应该脱离那点儿烟火气，陶瓷的可爱和最初打动人的理由，能让欧洲的王侯将相不惜号令船队，拉满风帆万里远来中国的理由，不就是纯然干净、类冰似玉、盈润合手的温存和绝对清洁的使用感吗？

那个时候的人们就像是见到了中国瓷器这种神迹般的存在才忽然意识到：干净的生活才是更好的生活。

北京每年夏天都有几个星期，我把它叫作短暂的"晚霞季"。你累了一天之后，猛然一抬头，偶尔会迎面撞见绚烂澄澈的向晚碧空里，气场恢宏地飘浮着不动声色的壮丽云堆，雪白饱满，满镶金边。你少见地感受到大气层的高度，感受到地球引力为你的呼吸储备了足以让人安心的大量气体。

天地有灵，不是指俏皮的闪电和昏昏欲睡的雾气，而是指这无处不在的安心感，这一重你几乎可以尽情放肆地淡忘和无视它，生活在它的庇佑中却从未真正感恩的浩瀚大气层。你片刻都不能脱离这一重安心，你肆无忌惮地透支和挥霍着，甚至想都没想到过，它的万千宠爱完全免费，而且无限量供给。

我曾经做过一只自己比较满意的折沿盆，手感和厚薄都让人满意。两三年后的又一个北京晚霞季，我打算重新再做。

去拙朴的那一天，感冒没完全好，天气也阴翳晦暗，很多地方在刮台风、发洪水，北京的大气层也有同感。

拙朴小院没什么人，我们的心境稍微平和了些，拉坯做大折沿盘、草帽碗、大平盘……当然，最开始的修炼仍然是从滋生了来路不明的绿色霉菌的大泥桶里掏出回收泥，在石膏板上摊平吸水，再甩开膀子揉至均匀。泥土虽然极其朴素，但也是资源，弥足宝贵，当然要反复利用，这是陶泥的转世再生，也是我和自己曾经的失败作品的魂灵的再度重逢。彼此问好，推手较量，彼此确认对方的存在，怀念往事，握手言和，并且再度灵犀相通。

神经元和泥土粒子，在比量子更小的纯然臆想的层面心神对接。

趁着泥土变干的空当，我开始修坯，削薄上周拉坯成型的罐子、杯子。程蓉做的竹节碗，我也帮她让周身的曲线变得更柔顺流畅一些。

接着是给上次施好化妆土的几只马克杯喷釉,还是遇到老问题:如果想稍微喷厚一点,让烧成的杯子更白皙一点儿,釉层在干燥的过程中就会开裂,形成奔驰车标形状的三芒星裂口。也许下次可以尝试一下用雾化更好的喷壶在施釉前给坯体补水,也许还是不行。也许的事儿,也许只能交给"也许"处理吧。试错法也许还会遇到墨菲定律,但是只有尝试才会提供解决的可能性,不是吗?

当然,还是顺便向"窑神爷"祈了个祷,这不是古老的唯心主义,是对奇迹和小概率事件保持期待和心念,让自己保有像个孩子一样为事情的阳光面而雀跃的权利和能力。

再通过擦掉底足的釉料来防止坯体在烧制过程中和窑里的层板粘接,然后签名,在马克杯口沿处涂刷铁浆。自从用海绵球代替毛笔之后,口沿的铁线更加齐整、匀称和纤细了不少。最后,把它们放上待烧的木架。

心境无波,拍个照,并不期待这几件完全按照自己内心期待的样子呈现,因为烈火熊熊的窑内会发生很多神秘莫测的事情。八分满就好,方向对就好,因为这表示我还有继续努力的机会,早晚会成的。

待出窑那刻,稍有欢喜就好,不求不拒,尽本分事,种应得果而已。

时隔两三年,再做折沿盘,难免面对生疏的手感,但是已经能够稍微了解手工作品那2%难以名状的、神秘又让人备感亲切的"成熟度"来自哪里。它来自失败品，来自不放弃尝试，来自忽略挫败感的能力和勇气，来自傻乎乎不计成本的坚持。没错，成本只能在成果中抵消，而不能在尝试之前试图逃避。

鸽哨声声，伴蝉鸣

最难忘的记忆，常常并非场景和光影，而是感觉，是那些由复杂感官共同形成的感性知觉，比如夏天雨后青草地的气味，碧空中回荡着的鸽哨与蝉鸣，味蕾上的西瓜汁和啃到最后一口时碰到的微酸的瓜皮味，摇动蒲扇手柄时的触感和清风。

《礼记》里对节气习俗和作息的记述从来都最有气场："夏至到，鹿角解，蝉始鸣，半夏生，木槿荣。"瞬间充满头脑的画面感，顷刻之间便把人引向古风盈满的夏天，莫名觉得，那个场景是置身在前世里，某个皇家园林中的夏暮瞬间……

11

『小·暑』

小暑之器：滴滤壶【林中泉】

烧成于 2017 年冬

滴滤壶的盗梦空间

旅行其实是不可以说走就走的,但是咖啡想喝就喝,就比较现实一点儿。

说走就走的旅行,是急于逃避现实的身体语言,有种仓皇退阵的狼狈,到了目的地,同样不免准备不足的尴尬和无所适从。说喝就喝的咖啡,才是面临困顿时重新振作自己,调整思路继续谋划,不懈打怪除妖、坚守阵地的可敬背影。

设计一款好用又有超脱感的手冲咖啡壶,是我想要向这种坚守不退却的精神致敬的心意。

先是尝试了几款流行的手冲咖啡壶,发现金属和塑料的滴滤杯都不太理想。金属滤杯散热太快,塑料滤杯在心理上总会带给使用者某种萦绕不去的阴影,关乎饮者对味道的介意和想象,也关乎冲泡待客者的心意和手感。还有一点让我格外介意的是声音。

试想一下手冲咖啡理想的使用情境:应该是在相对宽阔的、让咖啡香能够恣意游荡和飘散的空间里,也应该是在能够保持低噪声,交谈轻声细语、从容不迫的室内环境里。这种环境,应该能给咖啡香气和低吟浅唱的音乐提供在半空中相遇的适宜氛围。这种理想的情境，应该是光线柔和通透，空气的湿度能让植物葱翠舒展，空气的温度能让慵懒的猫舒适地睡眠，空气的密度也能让阅读产生的临在感存续相当一段合理的时长。

情境如此这般，试想冲泡者在使用咖啡滤杯的时候应该产生出一种什么样的撞击声来？如果是轻薄金属或者塑料材质彼此刮擦冲突的声音，不免刺耳且轻浮。我相信，如果是陶瓷材质发出的声音，一定和这一切的光线、低语、温度和气息都能合拍押韵，不仅相处愉快，更能相得益彰，彼此成就，互赠灵感，一同创造出浮于半空、无形却能真切感受到的心头云朵、蓄能电场来。

接下来，就是反复思忖形制。愚钝如我，对惯常所见的咖啡滤杯那飞碟形的底托和破坏简洁的把手，始终想不出存在的理由来。我甚至觉得壶嘴都显得多余碍眼。索性，把上面的漏斗形滤杯和下面的咖啡壶身上的把手一并去掉，用壶身两侧微微凸起的托钮来代替，这样一来，整套滤杯的外形轮廓，仿佛立刻从里出外进、有弧有方的花体拉丁文模样，彻底变成大大方方、稳稳当当、端端正正的方块字、仿宋体。

去掉原先负责承托漏斗杯的飞碟形底托，在下面的咖啡壶口增加一圈下宽上窄的"井栏形"沿口。为了排减气压，我在井栏的斜面上开了三个对称的气孔。施以汝窑白釉和化妆土的整个壶身，带上了"初雪冷霜晨雾清，相逢笑谈在井亭"的烟火气和超脱感。

磕磕绊绊、牵肠挂肚又甘苦两浓的五年学陶时光，学到的东西不足炫耀，抛弃的东西却令人感慨玩味，令人推敲自忖、没齿铭心。

说到器身上的化妆土，我不免又想"穿越入魂，犹当古人"。人们最初使用化妆土的原因可能有很多，犹如地层堆积的考古现场一样，最深埋其中的，一定有最现实的成本考量在。如果用白璧无瑕的高岭土或高白泥来制作坯体，官窑御用当然毫无问题，但是对于民窑日用来说，可能太过金贵了。人们把对清洁的思想追求投射到白色的器物上，希望承托着食物的温暖和甘美的，是纤尘不染、纯然不杂的餐具。普通泥料制作出的碗盘做不到这一点，泥土中混合的金属和矿物颗粒经过高温煅烧会呈现出不同的斑驳和色泽。为了弥补和遮盖便宜泥料的缺点，人们在其上施以白色的化妆土。说得诚实浅显一些，其实是制作白瓷陶器时在修坯过程中切削下来万万舍不得丢弃的白色泥粉，加水调和，添加其他秘方配料制作的一种泥浆。它的美感，懂得的人能意会得到，那是手艺人"谦卑又坦白的诚意"。

在如今的时代，人们可以用"土味""简约"又或者"侘寂"来给它贴上风尚的标签，但它仍然不过是那一点儿朴素的、诚实的心意。变化之一，就是抛弃了初始造作教条的"工匠精神"臆想，开始琢磨工艺流程的合理性和易操作性。从一个刻意挑战造型难度的热情的爱好者、自我表现者，逐渐变成一个寻求最小烧成风险、最优造型美感和最大制作控制力相融合的制作者，炫技思路慢慢少了，陶人思路慢慢多起来。

慢慢接受、慢慢懂得"成而后美"才是合乎情理的生存节奏，遗憾和挫败的记忆才是和甘美之物最登对的茶味配搭。开始得太快反而更慢，慢热的扎实，才能耐得长久。

一步步体认过制陶人的谋生辛苦，才开始理解：工艺合理和设计逻辑能让制作者胜任，才会有顺畅轻松、成品率高的工艺流程，才能成就好的设计，才能创作出健康优美的器物来。手工造物，尤其如此。应当制作出能与别人分享、索价合理的作品，而不是所谓"独享"的"孤品"。这有点像"修己还是度人"的大小乘佛教路径之别，所有做到精当、有质有量的事情，都会自然洒脱地进化出行云流水的功夫样貌来，不是吗？

夏有蕉荫，困有茶

小暑也是个适合做做白日梦的节气。夏天正式闯进来了，困懒倦怠的季节让人意兴阑珊。喝杯蓝山或者火山红壤孕育出来的提神咖啡，调整一下心情和气场的浓度，稍微把疲累的脚尖转个方向，多少体会一点儿寻找新思路和碰撞敲击灵感火花的乐趣吧。就算无果，就算碰壁，至少证明我们在兴致勃勃、乐观抗打地活着。

古人念叨着"温风至、蟋蟀居宇、鹰始鸷"，听着都让人瞌睡。可不是嘛，连老鹰都懂得飞去更加凉快的高空，换个更高海拔的视角，重新审视自己的王国。夏天的我们，也要审时度势，量力而行才好。

12

「大·暑」

大暑之器：西瓜盘【蕉荫下】

烧成于 2018 年冬

西瓜盘的减法
和误入歧路的乐趣

大暑可能是整整一年中我状态最差的时候，北京热得让人连饭都不想吃，更别提别的事情了。

西瓜、焰火和鬼故事，据说是日本人度夏的法宝。特别的一点是一部分人在吃西瓜的时候，会在瓜片漂亮的顶尖上撒一点儿盐，据说这样会让西瓜更甜。鬼知道是不是真的，懒得去试。

对于西瓜，我倒是觉得想让它变得更好吃的方法很简单：每次少吃，切得漂亮点儿。若撑得肚子溜圆，则瓜品不高。

设计西瓜盘之初，我就定下了调子：为一块拔群的西瓜而作。一盘只一块，节制而珍视，自律地吃瓜，孤高又减糖。其实，就是怕胖。

好东西嘛，就是要拿捏得度，刻意追求留白和不满足。递延获得，能使人保持兴致盎然；稍稍欠奉，才更让人记挂和想念。艰困或者郁闷，都因为还有东西想买和想尝，反而更易熬过。

西瓜，能吃到两片的时候，舍弃一片只有好处；好物，看上两款的时候，先取其一，为的是给可能不请自来的倒霉事和日后的不痛快，留一个疏解的"紧急出口"。

我想要一款简单家常的西瓜盘，同时带点华丽的气场：西瓜不在场的时候，它是静静漂在水面的单薄莲瓣，好像已经开过，正缓缓滑向水底，悄然退场；西瓜出现的时候，它会在当下散发重生的光芒，是托起火红娇花的莲座、背光四射的妙法佛坛。

想想挺美的，做起来可是非常挫败。一共试烧了四五次，全都被我放弃了。要么是太大了，显得粗蠢；要么是太厚，显得狭促；要么是太亮了，喧宾夺主；更可恼的是太白了，显出塑料盘子的质感来……这还仅仅是烧成的情况，还有好几次出现各种断裂和崩盘——在干燥的过程中出现的名副其实的"崩盘"，还有如我太太的幽默句法：西施进去，刘姥姥出来。总之，是斑斓多彩、花样繁多、目不暇接的失败。

这种四方外展、边沿有弧度的器形，如果像我一样，用裁切好的泥片徒手拼接粘和制作，费工费时，且失败率高，虽是磨练心性的好修炼，但绝对不是制作产品的健全工艺。在景德镇伟大的陶瓷工艺谱系之中，这种用泥板拼接的做法有专门的名词用语，叫作"镶器"，大概是"镶嵌成器"的意思吧。上道的做法是事先制作好一套石膏模具，然后把泥片铺陈其上，或者拍拍刷刷导引成型，或者拼接粘合，制作出难度和精致程度更高的器形来。不过对我这样把做陶当成"借境练心""扫地修行"的"陶修者"来说，大费周章请人制作模具，又不做量产零售，似乎有点儿浪费资源。

用更笨的方法，尝更纯的甘苦，求更深的体认。也不错。

最终，得到的体认便是：真的不要小看机制陶瓷哦！以手工为贵，看低机制陶瓷器的"唯手工论"，是褊狭和虚伪的思想，抑或根本就是哄抬物价牟取暴利的炒作。有些非常精致漂亮的器形，机制和手作的质量相差无几，甚至机制作品比纯手工还技高一筹。手工制作只不过因为时间成本畸高，所以卖得超贵，利润率也能炒得更高，让它成了少数人炫富的工具。为了获取暴利而贬低一种无辜的高效工艺，是投机家的无良狡猾。耿直单纯如我，只为美器傍身、好用怡情而不问英雄出处的人，何必江湖？

不作茧自缚于虚荣的鄙视链，我们可以坦然推却吹捧，当然也能谢绝套路。

不在乎旁人的眼光和舌头，有时候，能省很多钱哦！

对我来说，板塑曾经是一种逃跑主义的技术，因为那时候学拉坯学得我心灰意冷、愁肠百转，遂决定另辟蹊径，苦练板塑成型手法。在"歧路"上荒废了将近一年之后，心态放松下来，不再对几种成型方法抱有高下之分的偏见，自然顺利地有了拉坯的手感，"开始慢，反而快"，诚如此言。

不过练习板塑花去的时间也没有辜负我，很多器形的把手、系耳、提钮和鼎足，用板塑的方法来做更犀利别致。有了多一种技法的练习经历，更大程度上启发和拓宽了设计的思路，获得了更悠游自在、乘物游心的创作状态，这才是迂回跋涉、上下求索的价值，是时光赐予的最宝贵的礼物。面对做陶这个完全从零开始的陌生领域，我运气超好，跌跌撞撞，放手试错，最终居然也摸到些让人开心的小小窍门。还好，神经大条如我，既没有让压力过载，也没有退却或者放弃挑战。

这好似在北京的盛夏季节，晨昏未分时出门长跑，挑战一件自己从15岁开始就认定只会自找苦吃的事情，并且从中体验到某种尚且不能清晰描述的欣快和愉悦，慢慢从不情愿和自认为只能收获痛苦与挫败，变得心中暗自期待和相信能够顺利完成，并且增添了一丝完全不需要他人见证和认可的成就感。这并不是自信，或者不妨说，这是比自信更能令自己强大的东西。

头顶芭蕉，贪晌梦

大暑这时节，"腐草为萤，大雨时行"。现在的水泥丛林里，萤火虫难得一见，不过吃块西瓜的时间还有，也给自己时间回头看看来路，或者躺下来小睡个午觉，梦见头顶有棵芭蕉树，投下绿油油的清凉荫影，不大不小，刚刚好。

「立·秋」

立秋之器：大盖碗【秋风起】

烧成于 2019 年夏

不要辜负失败

今天，是多么帅的一天，切莫辜负一夜噩梦带给你的力量。

昨天第一次尝试使用老黄大老远从邯郸运回来的新化妆土，也就是改善坯体洁白程度和色调的泥浆。结果非常令人心碎。

做得最大也最好的一个大折沿钵开裂了。那些浑然忘我、专注当下、心无旁骛、天人秘契的伟大时刻和全神贯注的临在感，统统成了笑话。

"秋天是收获的季节。"不错，收获的含义，当然也包括相信未来有无止境的不确定性和无限量的改善空间。季节，诚不欺我。

究其原因，是邯郸化妆土的含水量高（而且说真心话，奇臭无比），而且这种化妆土要施两遍才能达到有效的堆积厚度。你可以喷，可以浸，也可以淋，但是要做两遍，在第一遍干燥到坯体不沾手的程度后还要再来一遍。这意味着至少要在一天里完成修坯、上两遍化妆土和晾干、上釉等一系列工序。你可以在此前的一天把湿泥巴拉坯成型，但是要等它稍微干燥、禁得住刀刮刃削，才能进行精加工完善形体曲线的修坯工序。所以，尽管可以把一些步骤提前完成，但是上化妆土和上釉必须得在坯体没有完全干燥的时候一气呵成。（确切地说，是在坯体干湿适度的时候尽快完成，至于什么是"适度"，这就是玄秘十足的"经验手感"华丽登场的时间了。）而我这个"票友制陶人"，在多数情况下，一个星期大概也只能抽出一天去老黄的郊区工作室享受制陶的大喜大悲。这样一来，匆忙赶场和赶工的过程中，就难免操之过急。但这真的不是借口，制陶的时候，我们从来都没有机会用到借口。

为了加快坯体的干燥速度，我不得已把坯拿到太阳底下晾了一会儿。要知道，上完化妆土的坯体，几乎和饺子皮一样软糯，稍不小心，就会因为拿捏不好而损坏变形，更不用说搬去上釉了。就是因为这半小时的秋阳照射，加上我把坯体修削得过分纤薄了，居然导致底部开裂。我已经四年多没有出现过这样的失误了，实在是令人汗颜，一夜归零的雷劈感爆棚。

制陶就是这样，除了一切重来，别无补救之法。漫漫取经路，九九八十一难。一个气韵新坯、"元气少年"瞬间灰飞烟灭。你只有重回长安，零公里处，重新出发，七十二道或更多，所有工序再来过。我不再小瞧粗厚笨重的邯郸磁州窑古器的坯体了，因为我自己的亲身经验告诉我：科学的合理性，就是无条件无借口地面对现实，且只在心手皆投入过的人那里，才能得到共鸣和真正的理解。

能动手的，别白话。你可以吐槽，但我选择重来。

"坯"和"坏"只差着区区一个笔画。"做"和"说"却隔着万千山水。

大盖碗一般都是用机器印坯的，有兴趣的话可以去网上看视频，制作场景非常类似冲压金属片制作不锈钢盘子，但是产品也可以做得很好看，而且仅仅是观看那套设备工作的场景，就非常减压。我们真的不应该概念化、贴标签、下定义式地否定工业流水线制品。让尽可能多的人以合理的价格获得同样质量的合格产品，其实也是一种公平和博爱。当然，游艇和私人飞机也是工业化产品，但不可能让每个人都拥有。

后来，我还是做成了盖碗。改了设计，简化了流程，换了以前用熟了的化妆土，出窑之后用它装着红烧肉痛快热乎地吃了一餐。手感不错，我很喜欢自己的这件作品，但是我家那只叫"太极"的猫不喜欢，因为这碗有盖子，它闻不到里面的肉香了。

顺便一说，我家的太极可能是因为跟我们在一起久了，性格也变得像我们俩一样，喜静不爱热闹，稳重不爱激动。从我们开始做陶瓷到现在，转眼五年多过去了，它没有碰坏过任何一件陶瓷器，真是一只好猫，尽管它出身普通，是我们从小区楼下捡来的小野猫。

再顺便一说，很久以后，黄老师重新调配了邯郸化妆土，不知道他向其中投入了什么"密不外传的因子"，那股奇怪的气味再没出现过了。但是（你知道永远会有个"但是"，只要你追求把一件事做扎实），又出现了釉层起翘开裂的问题、口沿部分容易剥落的问题……再后来，老黄又试烧了不知道几窑，终于有一天，他告诉我们：上完化妆土之后，要喷中温有光透明釉，而不是中温无光透明釉。

终于，我们做出了亲切、微黄、温暖的米白色化妆土器物，而且，耐用。

其实我们学陶已经过了五年，真正的收获是什么呢？完全不是炫耀手艺，也不是推送心得，第一个浮现脑海的可能最出乎我自己的意料，那真的只是——更加尊重制陶匠人。

最是梧桐，更报秋

宋代时，立秋这天皇宫内要把栽在盆里的梧桐移入殿内，等到立秋时辰一到，太史官便高声奏道："秋来了！"奏毕，梧桐应声落下一两片叶子，以寓报秋之意。那时的人们多爱季节啊，我倒是很好奇，他们会不会也喊"春来了！""夏来了！"呢？其他的几个季节，他们又会把什么搬到大殿里来呢？

14

「处·暑」

处暑之器：蜂蜜罐【麦色秋】

烧成于 2018 年春

蜂蜜罐里，
最甜的是刚刚过去的那个夏天

同一批制作出的很多件陶瓷器中，为什么偏偏总是花费心血最多、最为在意的那几件会出问题？为什么反而是用剩下的泥料随手做的几件"搭车创作"却屡屡出现惊喜？

是"墨菲定律"，还是放松心态出奇效？对我来说，这件事可能会永久成谜。

一整个夏天，我都在跟化妆土较劲，尝试自己的独门"小绝活"。失败得很惨，也不乏和意外惊喜遭遇，好在秋风回来的时候，我稍微摸到了点儿门道。

做陶这件事，就是会屡屡发生神秘事件，让人感觉是条通往了解宇宙架构和终极神秘的曲径。只有少数几件事情能这样，让人有机会通过一扇半掩的侧门，一窥遥远而又玄妙的天机，恍若另一个星球的万物逻辑。

为处暑选定蜂蜜罐，是源于节气和阴阳共生转化规律的古老传说；为蜂蜜罐选定如此这般的器形，是因为一个意外。

　　用粗陶泥甚至是回收泥做坯体，在其上施以化妆土，再喷上白色系或者透明的釉料，便会获得一种独特的视觉和触觉效果，是柔和亲人的白，有时候白得游离，仿佛若即若离地徘徊于有无之间，盘桓在灰白的边际缓冲区。这种柔和亲人的白，用精细淘洗滤去杂质的白瓷泥反而做不出来，只因为距离完美有那么一步之差，所以你更舍得拿来日用而非清赏，你会更从容地和它相处，盘桓更多时日。陪伴才是爱，而你愿意接受它的陪伴，恰恰是因为没有拒人的光彩。

　　这类日用器具一旦摔破了，并不值得拿去锔瓷或者金缮修复，所以你会更加珍爱地使用。器具与使用者的关系，是那种既松又紧、悠然牵绊、适度在意的情感连接。配着小心的放松相处，非常熨帖抚心。

　　在其中一件化妆土器物的制作过程中，我发现在它稍微锋利的肩角转折处，出现了一圈微妙的灰线。握着刚刚出窑、余温暖人的坯体，我有种被轻微的灵感电流击穿身体的欣快感。

　　这就是化妆土效果的点睛之笔，这游移于可见与不可见之间的纤细灰线，也许就是我应该沉潜下去，继续探索的"灵魂风格"？

　　草蛇灰线，伏行千里。马迹蛛丝，欲言又止。九死一生破重围，却只说是：柳梢新绿染春水，月上东山初掌灯。

无论是三炮台、大碗红茶，还是手冲咖啡，都适合用它来盛装。荤素爆炒的酣畅痛快，或是佛手清供的留香满室，用它来承托，都没有问题。

问题是，如何重复制作出这种效果？

这条草蛇灰"伏笔线"（请允许我以后一直这么称呼它吧）的产生，其实肇始于坯体和釉料被熊熊炉火燃烧涅槃、几近熔毁的那个时刻。在陶瓷由泥变土，再经过煅烧化陶成瓷的过程中，干硬的器物素坯会经历一个惊心动魄的"熔融状态"。坯体和釉层会在上千摄氏度的高温窑炉内重新变软，像火山腹部涌动的岩浆一般，意欲重回液态！我曾经见过泥料出问题的坯体经过煅烧后，在窑门打开、温度降低的出窑时刻，完全变成一滩融熔化的"巧克力"，如同萨尔瓦多·达利的"液态钟表"，悬垂在窑板外面，仿佛突然被寒流冻结的瀑布。

正常熔融的情况下，坯体还是会变软，但不至于坍塌或者脱形。而那些被喷涂或者浇淋在上面，又经过干燥过程固化成覆膜干粉层的化妆土（其实是瓷土加水调配成的浓度适宜的泥浆）会重新熔化，流动性再度出现，在地心引力奇妙的驱使下，稍微向下流淌。在这个传奇而壮丽的时刻，她就是喷薄的熔岩流，她是水，也是火。

待烧制结束，温度下降，因熔化而流动的一切静止下来，仿佛造山运动的时间线骤然停顿，一切再度成为金石玉润的固体，短暂的熔岩流运动让化妆土和釉料在坯体犀利的转角处潮退留白，浪去砂出。最为奇妙的是因为釉料的流动性比化妆土要小，所以尽管化妆土向下褪去，但是透明釉仍然覆盖着坯体，呈现出"类冰似玉"的包裹纠缠效果，并没有露出粗糙磨砂感的"胎骨"，手感也仍然是温润顺滑的。

因为感觉太奇妙、牵绊太深沉，我前前后后尝试了很多种化妆土和釉料，最后发现效果最理想的反而是最简单的土釉组合，而且中温烧制的器物不会出现这条"伏笔线"，估计是因为温度没有达到产生熔融液化状态的标准。你可以用沾水的海绵块在整备好待烧的坯体上擦出类似"伏笔线"的效果，再送入窑里烧制。请相信我的实践结果，那种灰线效果不够自然，还不能叫作"伏笔线"，叫"磨损线"更合适一些。

尽管大家采用淋浸手法施用化妆土的情况比较多见，但是喷施化妆土的效果也不错，化妆土层的薄厚程度更加均匀。在有些创作者看来，薄厚不均的"流动感"也是一种颇为可观的效果，有时候甚至显得更加潇洒。

陪伴就是爱？未必。享受陪伴才是吧？一只杯子、一个朋友，皆该如此吧？

秋

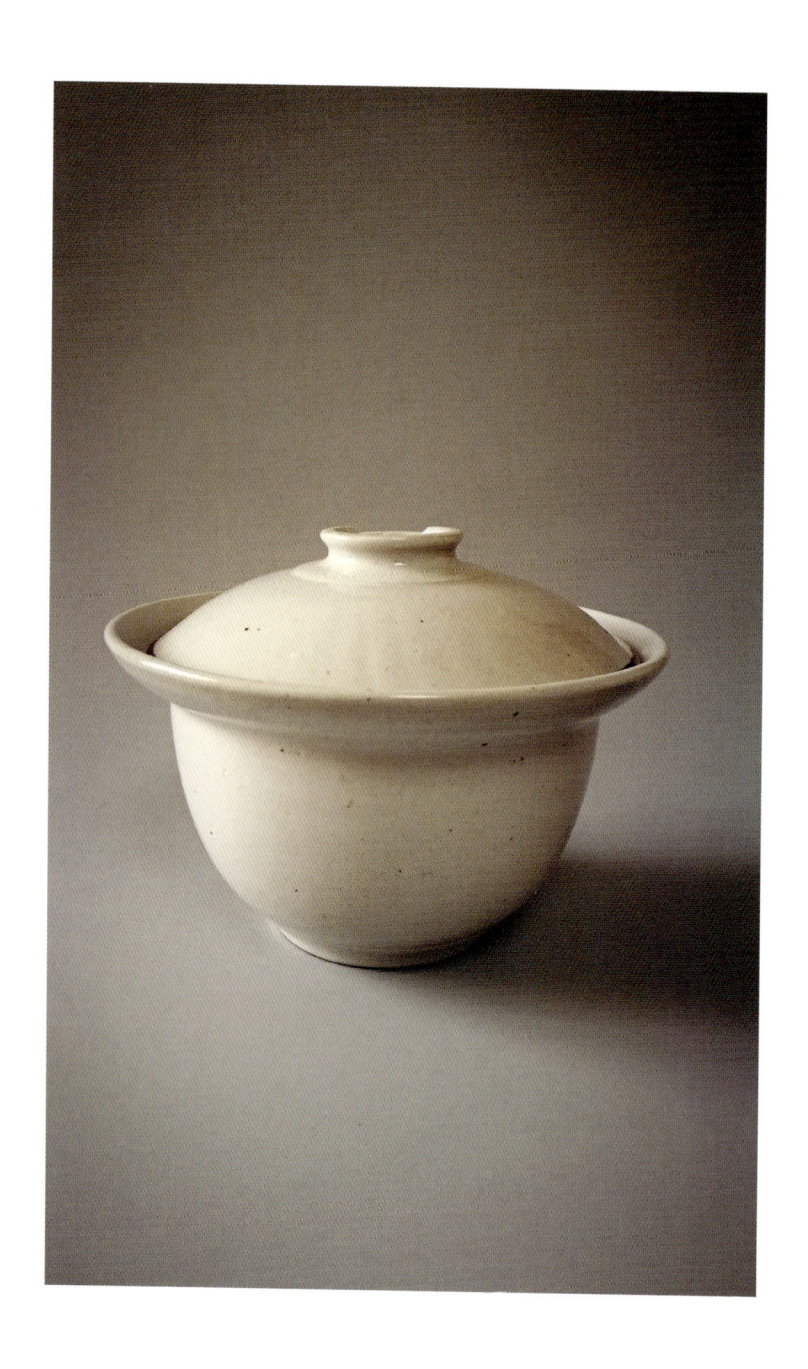

P 110 _ 立秋之器：大盖碗【秋风起】

盖住温度和幸福的神秘感。

P 116 _ 处暑之器：蜂蜜罐【麦色秋】

一起吃，最甜的不是蜂蜜。

葫芦里，

只有自己开给自己的药。

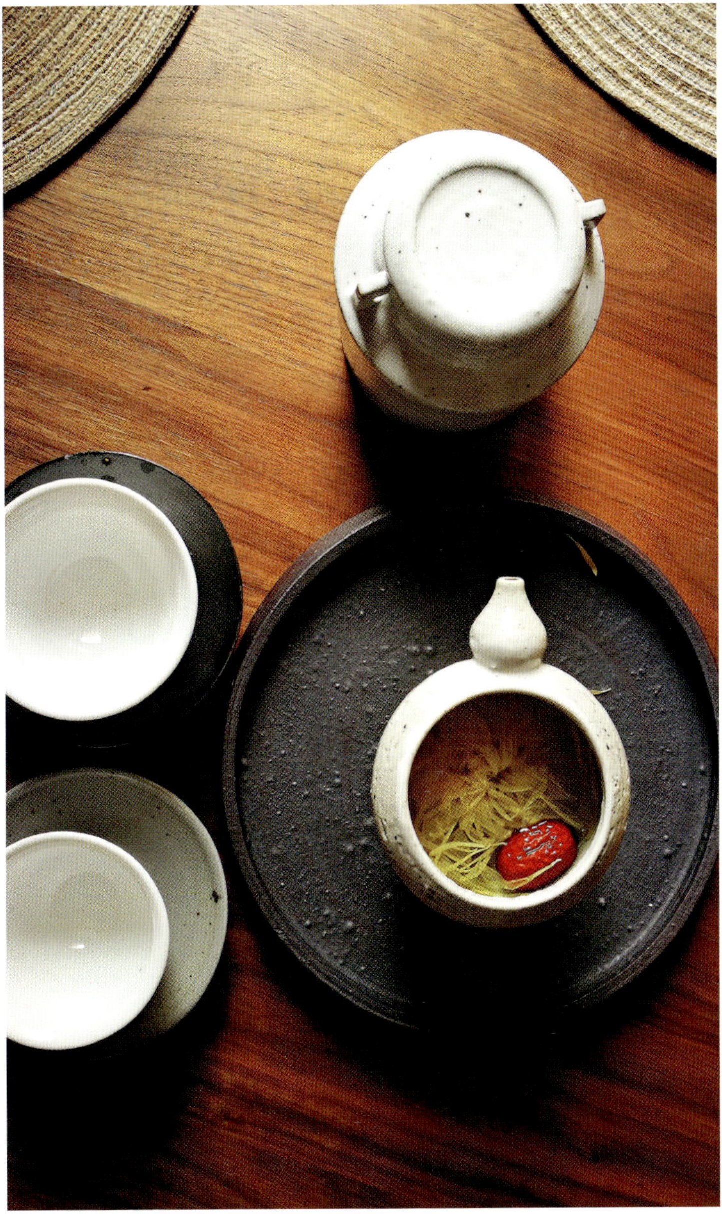

P 144 _ 秋分之器：青瓷盖碗【天地问】

盖碗的勇气，是顶天立地，喝口热茶。

秋意因为虫声而染了希望，

虫声在秋天倒听不出退场前的慌张。

P 150 _ 寒露之器：秋虫罐【千年虫】

霜降吃火锅,万事一笑过。

P 156 _ 霜降之器:酱料碟【初霜至】

让美的东西长久地陪伴在自己周遭，似有似无，若即若离。它的存在就是幸运签，它排除了让人心慌气短的杂音和噪声。平和心境保持得越久，保持优雅便越无须刻意。身价数万的幽兰，灵魂有香气的粗陶杯子，都有这效果。

不同的仅仅是：这只杯子出自我自己的双手，还有一条可爱的"伏笔线"。

为了让这条"伏笔线"出现得清晰、自然、不突兀，我开始昼思夜想地尝试找出它的"出场时机"，尝试找出合适的修坯刀法和造型细节。突然反应过来，原来在长久无所适从、不知出路的简单练习和各种失败的考验中，自己已经在提炼和推敲自己的创作语言，这真是件十足乐事，如天赐福音。

甜蜜如是，秋如是

夏天和秋天在慢慢交替，两个季节的美食和物产在这个日子口形成了好味道的交集。处暑节气到来的时候，正合适自奉一杯蜂蜜桂花茶，降火气、防秋燥。于是乎，我做了有"伏笔线"的蜂蜜罐和淡茶杯。喝一杯，看段推理小说，器配天时，应和酬唱。这算不算天作之合？算不算泄露天机？

15

「白・露」

白露之器：葫芦勺杯【绕指柔】

烧成于 2018 年夏

葫芦勺杯，
春江逝水

做壶路上都是泪，滔滔真如春江水。

吸引我开始做陶修行的器形就是壶，但也正是这个器形，带给每个兴致勃勃、自信满满的尝试者最多的挫折和折磨，相信绝大多数有"陶修体验"的动手参与者（区别于只动嘴的参与者）都能够认同这样一个看法：壶，是对做陶者技术和审美提出最大挑战的器形。这里说的审美，是一种细节审美，壶盖和壶身、壶把和壶身、壶嘴和壶身之间每一根曲线的曲度，甚至壶身上的一根筋线、圈足的宽度和大小、壶把和手指的贴合承托舒适度，只要有细微的改变和不同，就可能导致从"极美"到"别扭"的巨大差别。

做壶的过程，最能让人体会到什么才是那所谓不可名状、难以量化、无穷无边的"气韵"。简单来说，就是"人人都能被触动的、不需要理论解释的、共通共感的美"。

敢尝试做壶，敢正视自己的缺陷和不足，在做壶的过程中探索永无穷尽的气韵之路，是种很幸福的辛苦。

要想拥有这种勇敢者的微妙幸福，首先需要有勇气对自己诚实。

做一把茶壶，一直是一件让人纠结且痛苦的事，一个人能忍受这种纠结多久，就说明他对做陶有多执迷。因为一把茶壶细节丰富、风格多变、眉眼清晰且表情丰富，所以，也最能映照出制作者的心性和精神。

因为中国有独一无二的紫砂壶，冲泡出来的茶汤和其他材质的茶壶出汤有明显差别，所以无论你用其他材质制作出多么精良的茶壶，总显得有点可有可无、于事无补。

再者，做壶的成型技术，要比制作其他器形难度更大，要用到拉坯、修坯、接坯、盘条、开孔等很多技法。在比较特别的壶形制作过程中，还要用到板塑和手捏技术。为了做到壶盖和壶口紧密契合，还要用到一定的测量和调整技术。壶嘴的出水是否良好、强劲，水流是否均匀、平稳，断水是否利落，是否能做到无滴流、无溢水……诸多问题，都要依靠经过反复尝试、从大量失败中得出的细节经验来支持，往往是失之毫厘谬以千里，一步小错，整壶报废。更何况，还有个"气韵"二字，等着你耗尽毕生、不懈追求，且不保证努力都有回报，全看天意如何应验……

兴冲冲情绪饱满斗志高昂制作出来的一把壶，在出窑的那一刻，会让制作盘子、杯碗、花器都没有问题的自信满满的初学者瞬间崩溃，一夕之间改弦易辙，灰心放弃。每一次挑战做壶的尝试，都是一服甘美诱人的毒药。为其难成，越发神往；因其艰困，味如河豚。

相信很多真正坐到拉坯机前好好学过一段时间做陶的人，都有过类似的经历：做一把壶，是我们最先发愿要做的一件器物，却是最后一件我们能够掌握的器形，而且，那些一开始就动手制壶的初学者，往往是受到打击和挫败最多的一批。

和我一起学习做陶的太太，对此有她自己的看法："如果要我来说，想要做壶，应该有很多必须因循、不能跳过和逃避的阶段。首先要做好杯子，其次做好匀杯，接着学做茶罐，然后再做提梁壶、直把壶，最后才是圈把壶。"我当下会意，她的做法，是先练习坯体圈足，然后练习熟悉流水口和出水规律，再继续练习口盖契合，进而挑战壶嘴拉坯，不追求一步到位、一次成壶，先大后小、先易后难地制作具有几种茶壶零件的器物，再融会使用前几个阶段练熟的各种技巧，加上圈形壶把的练习，最后达到一气呵成、制成传统器形标准茶器的过程。

我觉得这样练习的确非常合辙押韵、丝丝入扣，很值得赞赏。不过按她的做法，练就一把壶制作手艺的全过程，即便对一个天天泥不离手的练习者来说，至少也需要半年左右吧？如果是我这样一周才能练习一天的人，真的要熬上几年的时间,你等得了吗?坚持得住吗?

从最初的发愿到合格成品的出窑,要秉持初心做一件无数人都已经做得非常出色,而且即便做到了也无法和人炫耀的小事,真让人觉得,这是一种内心的修炼,而不只是所谓匠气的手艺修炼了。"买一把壶来,又便宜又好用,还不用受累,不用弄得两手泥一身脏,不用熬过这漫长、辛苦、接连挫败的遥遥三年期。"

你觉得个中滋味的差别,在哪里?

说到做茶壶,就不能不聊到尺寸和审美的变化,不能不聊到仪式感到踏实感的变化。这不是一把壶的成长史,而是关于世与隐,关于人们对闲与忙、进与退的内心纠结。

急须直把壶、白瓷壶、柴烧壶、紫砂壶、提梁壶、盖碗……到底哪一种才是最好的泡茶器?其实已经有无数人讨论过喝茶这件小事儿,也有不少人论着论着就成了"大师"。我无意参加关于茶香、茶气、扬香、出汤之类的讨论,只想说说自己关于"方便"这件小事的看法。

因为今天的生活节奏使得人们很少能听完一整张交响乐唱片,看完一出全本折子戏。如果"方便"的话,人们还是能并且愿意喝上一杯茶来犒劳一下自己,同时向往一下悠然自得的慢生活,也愿意花上几秒钟治愈一下自己忙到心死的都市症。

人们都喜欢小巧的东西,任何东西做到非常小巧都会变得讨喜,对女人尤其如此,这是天性的折射吧?不过,太过小巧的茶壶,比如容量小于100毫升,无论它做得多么优雅耐看,不管它的材质多么稀缺,不管它是东京限定、池袋限定还是池袋西口地铁站东门限定……它就是不太好用。不管是一个人用、两个人用,还是——三个人就需要一杯茶分上下半场喝了。而且盖子盖来盖去,添水的次数一多,你喝不了两口就要疏通壶嘴,清理壶口,以免茶叶影响出汤,或是影响盖子的契合度,对大叶子的茶更是如此。

我的意思是:慢生活,不等于化简为繁,仪式感也不需要靠增加形式主义的无效环节来体现生活质量,毕竟喝茶的根本在于茶,不在于打发时间、假装内行。

西方艺术务求抓人眼球,追求惊人的戏剧效果,甚至极尽可能刺激人性躁动,唯求被人铭记。与之不同,中国的陶瓷造型艺术只有两个简单的目的:便利使用,使人沉静。

"宁可食无肉,不可居无竹。"这样的话,西方人是说不出来,也无法理解的。

中国人从自然中看到生命的价值和宁静的可贵，我们喜欢去琢磨大自然的运行规律：天道如何滋养万物，季节如何轮回、如何更新希望、如何给人心带来终极幸福和秘契天启。

"致虚极，守静笃；万物并作，吾以观复。"

西方人无法理解和认同老子的"无为"，《剑桥中国哲学导论》更是简单粗暴地把"无为"翻译成 no action（不行动、无作为）。他们受不了无为，是因为他们内心里害怕自己的 no action 被旁人视为"无能"。他们害怕被自然征服和吞没，无法想象如何与自然"共处于无为的和谐"。

"作品即人，风格即人。"只需对比观察一下西方人和中国人所制作的茶壶便能分明地看出，两种不同的文化性格和创作目的之间的巨大差异。或者不妨在家里并列呈现两幅尺寸相若的巨大画作，一幅是郑板桥的《墨竹图》，一幅是拉斐尔的《耶稣受难》。这两种题材分别是东西方画家最乐于重复创作的，也是东西方绘画观赏者普遍最为接受的题材。

诚实面对吧，并非所有艺术都是美的，也不是所有艺术都堪称艺术。在艺术的世界里，沽名钓誉者众，一直都是瓜子和臭虫并存，努力者琳琅，攀附者满目。审美的第一要素，就是厘清这样一个思路：在你的思想世界里，何

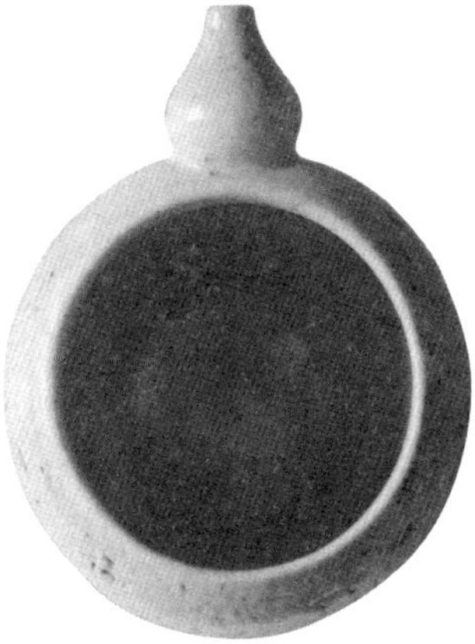

者为美？

君不见，那些创作了"过度戏剧化高收视艺术"的艺术家，自己的命运往往也是过度戏剧化的悲惨，而莫奈和白石，可以安详且同样甚至加倍精彩地活到高寿。

生活质量与品位有关，更与选择何为、何不为有关，与选择用什么来滋养自己内心的灵力有关。

一段秋声，一杯茶

民间有"春茶苦，夏茶涩，要喝茶，秋白露"的说法，此时的茶树经过夏季的酷热，白露前后正是它生长的极好时期。到了白露节气，秋意渐浓。

说到白露，爱喝茶的南京人都十分青睐"白露茶"。白露茶既不像春茶那样鲜嫩，不经泡，也不像夏茶那样干涩味苦，而是有一种独特的甘醇清香味，尤受老茶客喜爱。再者，家中存放的春茶已基本消耗得差不多了，此时白露茶正接上，所以到了白露前后，有的茶客就托人买点白露茶。

原来不只有春茶的味道是一期一会的"当令美好"，不过和"春"相对，"秋"多半引人联想到凋零和结束的好时光，不太容易形成卖点吧？可惜了秋茶的美味。这样也好，当令美味的秋茶，就留给"识者得之"的茶农们自己享用,犒劳他们从春到秋的诚实劳作和辛苦付出吧。

『秋·分』

秋分之器：青瓷盖碗【天地间】

烧成于 2018 年春

一只盖碗的勇气

无论做什么事情，如果不倔强地积累一定分量的手感，不在磨炼心性直觉上下足功夫，不能不计成败地一路狂奔下去，恐怕是没有办法做出一点像样子的什么来的。靠天分不行，靠资本也不行。

在淘宝上买盖碗，只要六元人民币，一套三件，晶莹润白，薄如蝉翼，漂亮极了，我为什么还要自己做一套呢？用蛮贵的高白泥，从练功开始到最后烧成一套，林林总总的问题一大堆，报废的作品十几套，时间流逝了大半年，老黄家院子里的花树从杜鹃开到蔷薇，又从蔷薇开到山茶，连石榴都被鲜红多籽的果实压弯了枝头，我那一碗岩茶，还在等。

矮胖还是瘦高，陡直还是柔美，高足还是短脚，高冠还是宽钮，冷白还是润白……这些的确都是区别，的确都是努力的理由。嘴上老说着"孤品""个性"之类的词，显得对自己不诚实，其实不过是在刻意回避手艺尚且不够纯熟这档子事儿。做了一阵子之后，仍不能对做陶这笔孽债忘情放手的话，那就应该试试挑战薄胎和量产，就好像修行得了"顿悟"之后，应该继续求索一下稳定、恒久的

"法喜"跟"无我"了。

还有一个好处是,反正一只只卖六块钱,你可以一心只想着自己认为最美的那只盖碗的样子琢磨下去,不做其他念想,享受死磕的过程,就轻松多了。

"手艺高低,是建立在对泥性了解的深浅的基础之上。"

慢热如我,直到摆弄了好几年陶泥之后,才多少明白,"泥性"指的是什么。

做盖碗可以用很多种泥,但是因为要把坯体修削得很薄,所以其中混有小石子和沙子的粗陶泥不太合适,因为坯体在修薄的过程中,如果在杯壁中计划保留的厚度内嵌有石子的话,当你锋利的修坯刀在拉坯机飞速旋转的过程中碰到石子的瞬间,坯体可能在不足眨眼的时刻内就添了一个窟窿。因为目不转睛地紧盯着泥坯切削成了习惯,还有享受专注带给我的快乐和静美之悦,每当我看到戴着漂亮草帽环的土星,都会情不自禁地在心里偷笑:

原来,终极造物主也有着类似修坯的"小爱好",想必旋转和专注带来的仿佛微醺眩晕的内心愉快,是被上天核准的快乐法门。

话说寓意天、地、人和合圆融的"三才盖碗",还真的是很像旋转的土星,自在得意地散着茶香,哼着小曲儿,自得其乐。

有很多种被制泥师傅淘炼得比较纯净、细腻、无杂质的陶泥瓷土,都适合做盖碗这种"小器"。当然,也有很多对质感和观感有追求的制陶人会自己配置陶土,他们发明了非常有趣的"秘方"。在某些国家的某些产区,陶工们不仅在泥土中混入色料、氧化铁粉等改变泥土颜色的物质,甚至为了取得黏性更好、更利于制作壶把而不易干裂的泥土,会将食盐加入其中,据说加糖效果更好,但是成本较高……

工作室的黄老师负责不远千里从圣地景德镇采购正宗的陶泥瓷土,不惜高昂运费也要使用原产地的有红陶泥、灰陶泥、中白瓷泥和高白瓷泥。制作陶瓷盖碗,高白瓷泥当然是最好的选择之一,比起其他泥土,高白泥更加盈润白皙,修薄之后透光率更好,声音也更加悦耳。我的太太曾经用它制作过很多风铃,配上她亲手编织制作的手工古法流苏,七月炎热的日子里,檐下流风,盛夏蝉鸣,确实感受得到满眼清凉,如冰似玉,金声玉振,悦耳怡心。

相对地,高白瓷泥因为淘炼得更纯净,高岭土含量更高,塑形难度也要大于黏性高的其他泥料,制作过程中容易开裂,干燥过程中也更容易开裂,所以要更加小心地掌握拉坯过程中的湿度。拉坯揉压的时间也不能太长,干净利索，速成速就，否则就很可能一拍两散、一器无成，白忙活了。

其实所谓"泥性"，就是泥土接受创作者"指挥"的耐性，懂得泥性，顺其自然，各生欢喜，互相成就；颐指气使，强人所难，非要泥土做些它不能胜任的事情，当然是一塌糊涂，问题不断。

一切都在，也只能在磨合与失败中被理解，被懂得，被积累成技巧和规律，进而稳定下来。开始时失败得多，过程中学到的经验反而扎实。

都说用盖碗泡茶最公平，不会给茶味"加分"，也不会给茶性"减分"，但是茶味和茶性在不同器物中的变化这种话题，有点儿像"魏晋风流"和"清谈诹议"，偃仰啸歌固然风情，但是有没有用？似乎并不重要。不过我相信之所以岩茶产地的福建乡民钟意它，街谈巷议带着它，开门迎客用到它，出海捕鱼也带着它，甚至调解说事儿也带着它，其实只有一个实用的理由——换茶打理比较方便，而且显得敞亮开放、清清爽爽，适合各种人情交流的场面，更有烟火气。你用了什么茶，人家一眼就看得到。

春生秋枯,在杯中

秋分,又到了日夜等长、收获过往的时节。中国本就是个靠天吃饭的农业民族,所以更懂得耐心隐忍,顺应客观,敬天循例。在这个季节静坐内省,喝一杯顶天立地的"三炮台"最是相宜,桂圆、红枣和浓茶,甜苦融融,一言难尽。春生秋枯、成住坏空,都在一杯中。

17

『寒·露』

寒露之器：秋虫罐【千年虫】

烧成于 2018 年夏末

喧唱，
为了让寂静更加动听

"吴哥最让我怀念的是什么？"思路会划过雨林如云翳般线条柔美的树冠，与崩密列的颓垣擦身而过，也不会在"吴哥的微笑"面前停留很久。我的初印象和脑海中闪过的第一个肯定的答案，会是遗址区树丛深处，那一重重包裹着雨林果香和枝蔓气息的虫鸣和鸟鸣，还有那种因为寂静被这些生灵之歌打破，而显得越发神秘、幽深，也更加动人的、短暂的无声之境。仿佛天地侧耳倾听，天风万籁停弦，在等待着休止的半拍过后，真正声临天下的主角撩人亮嗓，拨动心弦，颠倒众生。

怀念的理由，何止声线的优美，更因为在我们借居一生的城市里，已经听不到这样的天唱清音。偶尔划过的鸦鸣蝉声，也因着听者的心境和环境背景的缘故，非显嘈杂，便带仓皇。

有幸得闻，还要有心境听，似乎非有那航班的四只硕大的引擎推力全开，远赴他乡不可。

如果要将抽象的"幸福感"具象化，无疑可以是这样的场景：在万物肃杀的北方冬天里，窗外飘着细雪，透过边角结霜的窗棂，影影绰绰能看到屋外枝杈墨黑的那棵老柿树上还挂着鲜艳橘红的大颗柿果，静候饥肠辘辘的灰喜鹊。你从数九寒天的外面回到家，迎面感受暖气的热力，看到阳台上的猪笼草还乐呵呵地冒着泛红的新芽，青翠的叶尖上挂着捕虫兜，耳边传来清脆的叫声。你知道，那几只碧绿的竹蛉还欢实轻盈地活着哪。

向往把自然引进家里，巧取豪夺地想要霸占恢宏自然的一点气息、一个角落，或者一个片段、一种声音，是因为我们怀念古早时代的生活，还想那样顺天知命、简单自足地活着，心上少挂碍，身外少钱财。因为一只虫子，就能开心上一整个冬天。

  我一直对那个时代的粗陶器着迷不已，那个比古早更早、比高古更古的时代，那个人心容得下神话的《山海经》的时代，那个5700多年前的"马家窑"的时代，那个迷幻、自由且有灵韵的彩陶时代。

  我打算把自己的魂魄回送到那个时代去，带着那种自由和恣意，为我的寒露和秋虫做一只土陶罐。它像个时间胶囊，在数九冬天包藏住夏天的生机和声响，在现世投射一小段上古的散淡童心。

  寒露时节，是秋天的正式终曲，也是引荐秋虫入住的时机。再晚，就到霜降了。

  《礼记》是部神奇的书，是真正的上古神话时代的

"时光机器",它记载了很多宛如亲见的古时生活实景。其中说,这个时节的天子,要在朔风金秋里,穿白衣,佩戴白玉,骑乘白色的骆驼,打着白色的招展旌旗出行。络带飘摆、华盖当风的画面,车辚马萧、环佩叮当的声响,好一番排面,好似就在眼前。

遥望天宇,辰宿列张的穹庐也在换季,代表盛夏的"大火星"(天蝎座的心宿二星)已西沉,寒露、白露与霜降三个节气都满染了水汽凝结的既视感。露气凝霜,渐至浓重,万籁沉寂的世界默默然却也悠悠然进入"冬藏"时间。

我选了尽量接近马家窑古陶色泽的红陶泥,开始为秋虫设计"冬宫"。住客可以是促织,可以是竹蛉。至于"冬宫"的大小嘛,也要容得下大肚子蝈蝈。

我打算采用中温素烧的方法,尽量保留胎体的朴实和土性,毕竟秋虫们会喜欢待在更接地气也更加接近自然环境的居所里吧。光洁如镜、滑溜不透气的四壁,只会让它们步履维艰、隔膜紧张,情形大体上等于地球人被外星人抓去,禁闭在不明材质造就的宇宙飞船里。于是我又追加决定,泥胎内壁不上釉,保持本色的土气好了。

马家窑古陶中有我特别喜欢的器形,也有我特别喜欢的纹样。容器的器形很快就浮现脑海,三足裸土浅刷几笔白釉,我希望它有童趣,又天真,最好比天还要真。

罐盖需要尽可能透气又防着秋虫逃逸，我细细推敲并研琢了一番，做了几款能配得上罐体的童趣与天真的盖钮，每款都在盖子上尽量洒脱豪迈地开了一排气孔，最后从中选了显得更有趣的一只，因为它让我一见之下想到了宫崎骏《风之谷》里气势逼人的硕大"王虫"。

朝露不再，寒霜至

寒露前后，我们找个天朗气清的好秋日，登高赏红，活动筋骨，一家大小晒饱秋阳，回家吃麻团，饮菊酒，一边蒸好几只膏蟹做晚餐，一边听着秋虫罐里银铃玉振似的阵阵秋声。周末下午，天地无扰、物我两忘的短暂幸福，微小虽微小，倒也足够。

周一再振作起浩然正气，去降妖除魔，搏回个干净世界、朗朗乾坤吧！

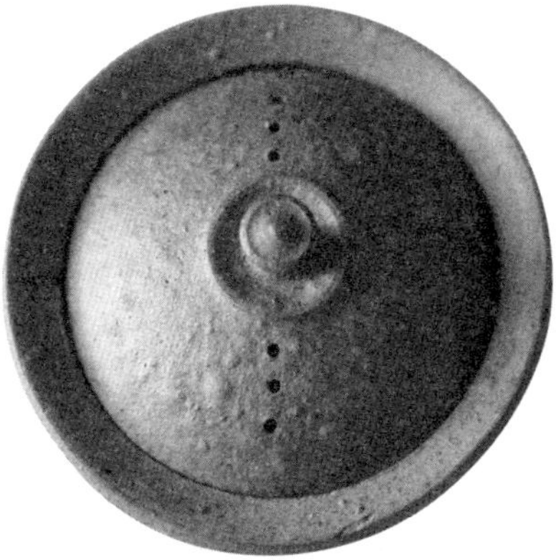

18

『霜·降』

霜降之器：酱料碟【初霜至】

烧成于 2016 年

霜降吃火锅,
万事一笑过

　　这件"节器",是我的太太最满意的作品之一。

　　可喜可贺,因为能制作这件作品,说明她的拉坯手艺已经基本合格了,而且,这是我们尝试自己配制釉料的第一个成功案例。

　　说它标志着太太已经学到了拉坯手艺,是因为这只蘸料碗的十字形碗口(有人叫作"葵口",也有人叫"花口",都是一个意思。具体到这件,应该叫"十字口"吧?我个人觉得叫"路口"也不错,留给人一点儿揣摩的空间和会意一笑的机关)需要在坯体刚拉好的时候,趁着它湿度较大、柔软可塑形时,小心地捏塑出碗口对称饱满的形状来。如果拉坯的手艺不到位,坯体太厚显得粗重不灵秀,坯体太薄又会在捏塑的过程中破碎。捏塑之后坯体会变成不规则的类似矩形的形状,几乎无法在拉坯机上用传统的旋转刮削方法修薄,因此要求拉坯过程一气呵成。要薄,而且要匀,这样才能尽可能地避免在烧制过程中变形。总之,要求气息均匀、手法行云流水、从容控制力度、自信果断地捏塑成型。看她自信笃定地创作这件器物,我在一边也很为她的成果感到高兴,"人间值得"又多了一个理由。

配制这种呈现效果为"看似铁打、其实是瓷"的铁釉，说来并不复杂，但要仰赖一定的运气。它的成分是氧化铁粉加上水，调匀搅拌成一杯外观和可可饮料很像的釉水，就可以在坯体上使用了。在坯体上涂刷的时候，如果釉料浓度过高，烧制出来的成品表面会很毛糙，容易在使用过程中毁伤桌面，而且熔化之后的釉料其实就是铁水，在高温的窑内会像岩浆一样滴流，在器物底部形成的积釉也可能很不美观，更重要的是，这种因为釉料浓度过高形成的铁水流一旦降温出窑，一般的打磨修形设备几乎奈何不了它。如果釉料的浓度不够，颜色不够厚重，烧成后作品不像铁打的，反类巧克力一块，还有可能露出胎体的本色来，效果尽毁。

太太做了很多只铁釉的十字口碗，最终也只有这一只她最满意，其他的嘛，用她的话说，"太像铁器了也不漂亮"。

这种纯铁釉还有一个妙用——作为煅烧粘接剂。其实最开始使用铁釉，是以这个小窍门为契机。那时候我在创作一件"宋盏式"手冲咖啡滤杯，当然，你也可以用它泡茶。我希望它的外形是一套带托盏的白瓷杯的样子，但是要做到"上白下黑""上杯下盘"的效果，又能一手掌握、一体成型，的确让我有点犯难，要做到不同釉色不互相污染，的确需要经历很多次失败和挣扎。

最后，也不知是发生了什么奇迹，脑海中忽然灵光一闪：分别制作两件器物——有滴滤孔的白瓷杯和有中心孔的黑色托盏，然后分别上不同颜色的釉，在两件器物接触的地方刷上铁釉，然后小心仔细地叠放在一起入窑烧制，当窑温达到800摄氏度以上的时候，铁釉开始在熊熊烈火中熔化成铁水，把色泽迥异的上下两件器物牢牢粘接融合在一起，然后温度继续上升，黑白两器各自熔釉发色，最终成型成器。横看是宋盏，俯瞰是滤杯，连接处则天衣无缝。

霜降以降，撮火锅

霜降，这是个"火锅季"开始的节气。当然，对于火锅的忠实拥趸来说，一年四季都是火锅季，但是初霜降下之时，对任何人来说，火锅都会更美味吧？在这个季候的节点上，捏捏柿子软没软，吃顿酒肉穿肠的欢畅火锅，低头看看咋咋呼呼开放着的秋菊，登高望远遥看一片霜打的红叶……还有什么闹心事儿是过不去的呢？

19

『立·冬』

立冬之器：笔洗【水墨味】

烧成于 2017 年冬

雪无痕

中国人过节的方式大多和吃喝有关，不过也有些很美妙优雅的例外，况且，吃饱之后，更适合做些风雅的事情，不是吗？

惊蛰是出门跑步锻炼肌体的起始日，而立冬，应该是静享雅室文房、动笔养心的开篇日。做了一只特别设计的笔洗，为的是送给已经学了十几年写意山水和工笔花鸟画的太太。好一个冬天，正适合提升实力，好好练笔。

因为她需要的是创作泼墨泼彩的写意山水画的用具，所以笔洗应该结合调色盘的功能，又因为她创作的时候常常是同时换用几支画笔，于是我按照她的习惯重新设计了器形，可以用来调色和润笔，再附送一个笔搁的功能。釉色当然是选用汝窑白，这样它在用作调色的时候能尽量减少色差。

她作画的时候可以隔绝一切信息干扰，状态好像完全换了一个人，简单利落、浑然忘我，在她看来，这是最好的休息、调整和充电的过程。其实，读书、做陶、抄经、编织，甚至做菜和写作，都可以是积极而有建设性的自我疗愈。能够有劳动成果固然可期可喜，但即便是单纯沉浸于过程中，也非常有益身心，甚至可以说，过程才是真正的成果和最大的收获。

公众号写作者们总是爱问"你多久没读书了"云云，平心而论，我倒是觉得相比读书，写作的性价比更高一些，更实惠有用，所以更好的问题应该是"你多久没写作了"。这当真不是曲高和寡的炫技，更不是所谓的"时间炫富"。因为写作无论是在时间上还是成本上，都不需要高昂的代价，一点儿也不金贵，一点儿门槛都没有，却实打实让人受益无穷，更是让人获得"精神自由"和"思考实力"最便捷的不二法门。

写作，很可能是通往每一座不同花园和"桃花源"的指南和地图，当然，它可能也是制图师和测绘员，是高悬于天空的遥感卫星和地形雷达。

因为写作能够帮助人们更加清醒、更有条理也更诚实地面对自己的想法和念头，得出更切实际也更有创造力的结论，同时也向我们多变莫测、健忘的心智和神经网络发起挑战，更加妥善地保管好我们的智慧或者记忆中最有价值的部分。不至于像匆匆苟活七八日的鸣蝉，虽然歌声喧嚷，但总难免随秋风逝去；不至于像雪泥鸿爪，短促留痕，仿若不曾来过。

为了人生这一程美妙而又滋味丰富、一言难尽的旅行，每个人都应该写作，即使是摄影师，也无法记录遥望一处风景时全部的感受和心动。当你在眺望故宫金色的天际线慢慢沉入北京夏日里幽蓝色四合如幕的黄昏天穹，如果没有文字和书写的描摹，你如何留住划过天空的群鸽合奏的哨音？如何记下晚夏风中独特的草木熏香？如何挽留高积云不动声色的移动带给你那一刻如巴赫管风琴一样的安适和抚慰？又如何再去体会那个特别的夏天，那个白衣飘飘的季节，那种种不舍和烈火般熊熊燃烧的希望和期待，那令人莞尔的对未来一切故事的期待和渴望？

每个怀旧和后悔的故事终究会变得美好，每个感叹时间磨损了自己光芒的人，都应该有一本厚厚的手账。谁说没有时光机？文字便是。

立冬，冬天正式到来了，我们又多了三个季节的生命阅历。在肃杀冬藏的静谧季节，抽点时间润笔调息，梳理一下这一年春生夏长秋收冬藏的收获和心得，也记录下错失和遗憾的细节和体验，正是时候。这个节气，我们不动筷，我们动笔。

古时候，在这个留给思想的季节里，景德镇的陶作家们是不做陶的，我们不知道他们在这个季节会想些什么，想来可能免不了琢磨明年的生意和家计。我们两个"做陶散人"，无须面临投入产出的困局和压力，只尽兴地享受做陶修心的乐趣，当真幸运。不由得常怀感激地想要好好善待每块泥土，每每制作失败一件作品，我都会在心里默念："这次对不住了，待我将你好生回收，我们下次再见吧。"

一位陶作家的风格和品位，当然是由他赖以养家糊口的客户决定的，因为他们接受并且购买了他最大量的作品，成就了他的个性和个人符号。所以一位市场化的专业陶作家，他的创作必然是迎合客户们今天的口味和审美的。但是陶艺家们，他们也需要留得一份心境和精力，为自己做些事。让自己保持创造热情，以及为明天所做的创作，是他们未来的活路、品位和风格标签，这两者恐怕是缺一不可的。能够养活自己的陶艺家应该有这样的个性：宽容客户目下的眼光，也给自己好好保留着自性田园。他不独以自己的眼光评判客户，也不独以客户的眼光评价自己。客户喜欢的他能做得出，但是不见得因此自得；客户不喜欢的他可能喜欢，却不以为意，继续自得其乐地打磨淬炼，直到让它使自己满意，直到能让它使人眼前一亮。

尚不能做到令自己满意的时候，要么逍遥从容地上路去找灵感，要么安心自在地等着灵感来找自己。舍不得花时间等，哪儿来的时间享受生活？

这话我说起来轻轻松松，像烟囱里慢悠悠冒出来的"炒菜云"，是因为我不需要用做陶来挣钱过日子。不过，在调节蓄力和维生的冲突这件事上，恐怕每一种营生所需要的内心力量都是相似的。

冬

辞秋迎冬，正适合写字；

岁末节前，从不缺故事。

P 160 _ 立冬之器：笔洗【水墨味】

先暖手再暖胃,

最后暖心,

都只不过是这一杯子。

P 178 _ 小雪之器：暖手杯【袅袅升】

P 182 _ 大雪之器：双耳盆【传家煲】

窗外的天气飘雪冰冷,

桌上的晚餐滚烫怡人,

烫得人无端摸耳朵。

冬至之器：八方盘【等春蕴】

这时节，

饺子是王道，

饺子盘就是王宫。

P 196 _ 小寒之器：煮茶炉【梅化雪】

煮过老白茶，继续等雪下。

瓜子有一半分量是皮壳,

但是乐趣就在抛弃这些包装的动作里。

大寒之器:哪吒瓶【闲话伴】

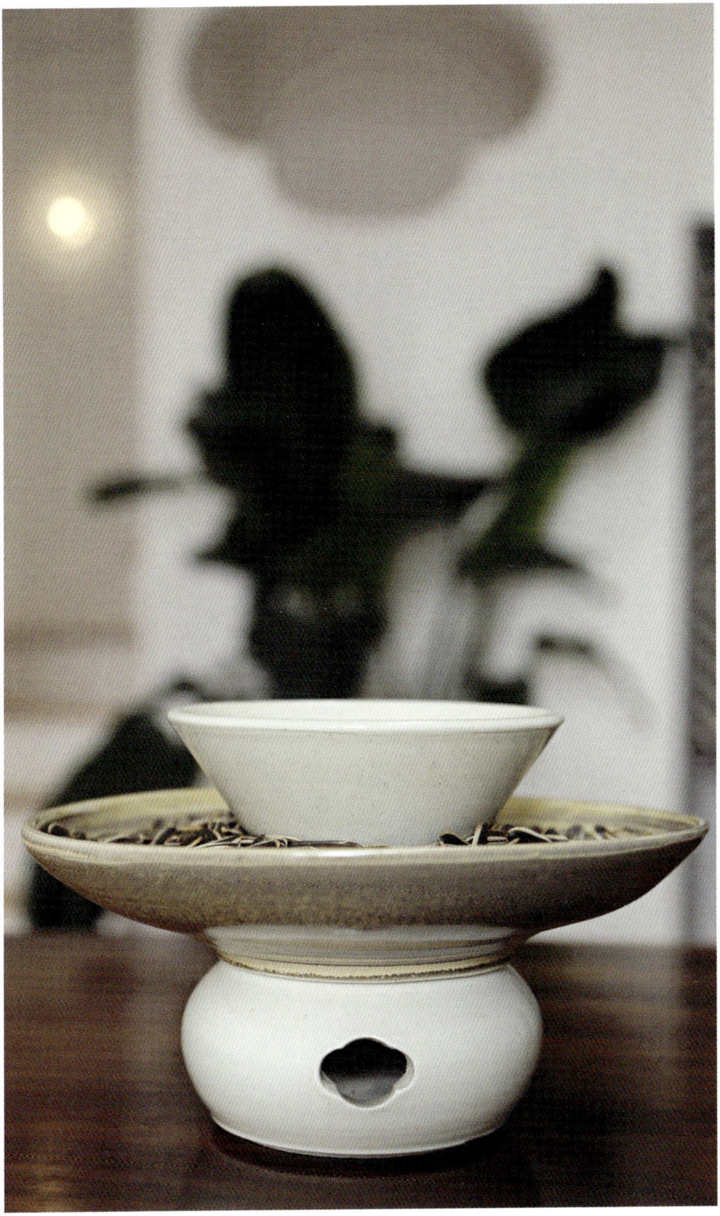

所以，还是用代表先进生产力的本事来挣钱，用代表"淘汰落后生产力"的手艺来养心吧。至少，工作之余用做陶代替玩手机，对治愈都市病，是可以多少起到点儿作用的。

冬非终也，可讲究

古书上说："冬，终也，万物收藏也。"半边秀才望文生义，我们何不做个"冬为春忙"的新古典中国人，从这一天开始练字？用九九消寒图也好，翻出庞中华字帖也罢，反正每天精进一点点，到春节来临需要写春联的时候，正好秀出自己的才情。每年都是买那些千篇一律的格式春联，今年不挑战一下自己吗，大兄弟？

20

『小·雪』

小雪之器：暖手杯【袅袅升】

烧成于 2017 年冬

暖手杯的千古悬念

这是我第一批想做的"节器"之一，因为它足够实用，也是我那个时候的手艺功力所能把握得了的不多的器形之一。

天寒地冻的时候来杯热茶或者热巧克力，用双手拢住杯子，暖暖刚刚进屋时还冰冷僵硬的双手，背后再有一组暖气片或者一只红彤彤的火炉，是件让人舒展身心、神清气爽的事情。就算是只为了这个想象中的场景，也值得好好揣摩一下，如何设计一只合情合理、暖手暖心的好杯子吧。

有个小问题几近成为"千古悬念"——杯把到底是不是一只杯子的必需？

经过一番观察和端详，我发觉了暖手杯没有杯把的理由：假设外面天寒地冻，红墙白雪，屋顶的瓦片还挂着冰凌，窗台上的大柿子冻得梆硬，都可以用来打晕翻墙来偷鱼的野猫，这时候你家小闺女蹦蹦跳跳放学回家，扔下书包，甩掉校服和羽绒衣之后，找老爸要一杯热可可来暖手。她的动作一定会是握着杯子来回转动，手心暖好暖手背，假如杯子上有个硕大无朋、松鼠尾巴一样的杯把，会相当碍事吧？所以应该是没有杯把更实用。绝对的。

而且，杯子太厚显得粗重蠢笨，杯子太薄又太烫手，你总不能拿个温度计测试好温度达到刚刚好的75摄氏度才递给闺女吧？那显得老爸太过婆婆妈妈了。

所以问题变成：杯子要比较轻薄，但是不烫手，适合一杯开水冲泡的热饮直接端到面前，冒着幸福的热气，拿来暖手又不会烫得钻心，情不自禁摸耳朵。

我琢磨了几个星期，后来还是看到了一组老式暖气片，才灵光一闪找到了解决的方法——在杯子腰线的地方做出三条"弦纹"，手放在这里又好握又防烫，还能让热力缓缓散发到手心，温柔又热情，这样的性格，谁不爱？

烧成出窑的作品看上去有点儿青铜器般的大气和稳重，又有点儿北欧式的简约和冷淡。自己满意，用起来也实现了起先的期待，手感和温度都和预想的状态一致。

枯淡的北欧风格和芬兰人疏离人群的"社交恐惧"，近来变得能够被接受和认同，甚至被推崇了，仿佛是春天潜入庭院的攀缘植物，缓慢但是坚定，深入身心。人们的认同来自内心，来自过载的头脑和过度复杂又无处可逃的生活状态。因为累心，所以向往放空，向往无边无际的无人空间，哪怕是一无所有的虚空，也变得更加像是自由的代言而非寂寞的荒野。

其实北欧风和侘寂枯淡都是另一种形式的奢侈，归隐田园有时候会成为升级版的炫富拉仇恨。虚空和空旷的空间，也一样需要依靠实力来换取。没有不得不讨好的人，不需要用最贵的消费来抚慰那些不得不加的班、不得不熬的夜。真正的幸福，都是不需要也没办法和旁人分享的。寂寞发红萼，纷纷开且落，山谷里的百合能自顾自地度日，其实是因为拥有自己的进化优势，靠的当然不是朋友圈和微博。

泥土不问，泥土不听，泥土也不回答。这种坚定的沉默不言，其实是件非常奢侈的事情。

雪没枝头，心温柔

KOL（舆论领袖）们喜欢说：不懂拒绝的人是招事儿体质，心狠包袱少。不过，这个初雪飘落的季节，你的回忆里应该有这么个姑娘，她穿着高领毛衣，扎着马尾，眼眸清澈，凭窗远望。你忍不住想在她沉思的时候，递上杯热饮，不声不响。这点儿念想都没有的话，也够凄凉。人没点儿温柔的念想，跟咸鱼有什么分别？可不正好，这个节气是人们开始晒咸鱼、腌咸菜的时候了哎！书卷气十足的兰花蜡梅，也在这个时候蕴蕾，准备傲雪开花。

这个寒冷的季节，我们还是把心肠放软，多施援手为好吧。与人方便，也是温暖自心。

21

『 大
 ·
 雪 』

大雪之器：双耳盆【传家煲】

烧成于 2018 年春

双耳盆和佛手瓜

这件作品是我和太太共同完成的，她拉坯，制作钵子，我完成了"耳朵"。

每次看见它，都会让人联想起天寒地冻的冬天里一碗热腾腾的酸菜白肉，或者有阳光的静谧下午，窗前默默散发着清淡香气的佛手瓜。它是属于冬天的器物，但是毫不冰冷。

做盘子最大的问题倒不是拉坯。简言之，拉坯做盘子是一个近似于把陶瓷泥均匀地涂抹摊平在一块圆形木板上的过程，最大的麻烦出现在拉坯之后，也就是在干燥的过程中坯体底部开裂，就像千年冰川上频频出现的幽兰深壑一般。不过在坯体上出现的裂痕绝对不是风景，而是让人疯魔的失败。这个失败的肇因，是拉坯之前的揉泥流程，或者是拉坯结束之后的割底流程，也就是那个用一根金属线把湿黏的坯体从承托着它的木板上割下来、分离开来的过程。在我造访过的一家安徽的陶作坊里，一位慈祥可爱的制陶师傅曾经演示过她的割底方法：用一根拴了棉线的小木棍，像牧羊姑娘帅气地挥舞牧羊鞭一样，在坯体的底部轻轻一甩，割底动作就完成了。经年累月的练习使得她的割底动作如行云流水，一气呵成，即便动用高速摄影师也无法记录下全程，因为"牧羊鞭"的关键动作都是在泥坯底部完成的。这种割底方法的另外一个好处就是割下来的底部非常光滑完整，不像用钢丝割底的作品会留下可能带来裂底风险的划痕。距离我初次造访她的工作室，时间已如白驹过隙，度过两个年关，迄今为止，我仍然没有学会这种帅气潇洒、神乎其技的割底方法。留给明年继续练习吧，算是我的新年愿望。

新年将至，老黄家的水管又冻住了。我想起那些招摇过市的公众号不断描摹着的住在院子里享受乡居生活的田园梦境，不过在我眼前活生生的现实是：老黄和他的团队大部分时间都是在和各种乡居生活的麻烦对战，扫除消灭种种不便和困难，只有我们这种匆匆来去的访客才能享受到东篱下、南山旁的悠然意境。

我很庆幸老黄丝毫没有厌倦的迹象，倒是很自得其乐地抱着可爱的小女儿在工作室巡行。落地大玻璃门外，焦躁的小黑狗正亢奋地用白色的前爪挠着门，想要进来凑热闹。阳光和煦，当下寂静，气场怡然，我的新年愿望又多冒出来一条：希望老黄流年如意，长久地把这个院子撑下去……

在中国，做陶瓷真的是太难了。

中国是陶瓷艺术登峰造极之地，古人和今人做得都太好、太久、太多也太美了。有的时候，我们轻忽了这种美，甚至是不以之为美，反而更能宽宏大量地去欣赏其他来源、其他流派的陶瓷，甚至对不达标、不完美乃至粗粝蒙混的作品也表示出由衷的赞叹和认同。

这不是因为中国的陶瓷不好，相反，是因为中国的陶瓷太好，中国人对好的东西司空见惯、审美疲劳了，所以会因为人性中与生俱来的喜新厌旧，而被那些风格完全相反，甚至完全谈不上风格的作品吸引。

如果我们放弃"作品取向"，放下"造物主"身段，转而以"用品取向"和"制物者"的心态去制作陶瓷作品，会不会顿感轻松许多？我们制作的目的如果不只是追求让人眼前一亮，而是合手好用，我们的创作灵感会不会更加喷薄泉涌？

如何让杯子更美却不烫手？如何让碗更加好端好拿？如何让盘子更适合容纳以炒为主并且对食用温度要求更高的中餐菜式？如何让茶器能够自主适应因冲泡次数变化而产生的对水温和冲泡时间的不同要求？如何让餐具杯盏在洗刷清洁的过程中更方便持握，减少脱手打碎的风险？

对创作者而言，轻飘绵软的云端和信誓旦旦的"应许之地"并不一定会带来闪光的灵感，有时候，生活琐事也是灵感源泉。

片刻冥想，佛手香

中国的冬天，有一种特别值得期待的"国土味道"，就是佛手的清香。这款双耳盆，放入佛手的时候，视觉上挺养眼，搭配嗅觉上的清新，让大雪隆冬显得不那么难熬了。

佛手是一种柑，不过没有食用价值，人们喜欢它不过是因为它的寓意和香味都跟冬天很搭调，无论是体感，还是心情。冬藏的季节，放下双手，放自己一段休心的假期，调整一下过载的身心系统和精神回路。有张有弛，我们需要开春破土的斗魂，同样也需要隆冬暖手的佛性，松涛竹影都是法身，打拼和居家皆有，才成就一个完整的人。

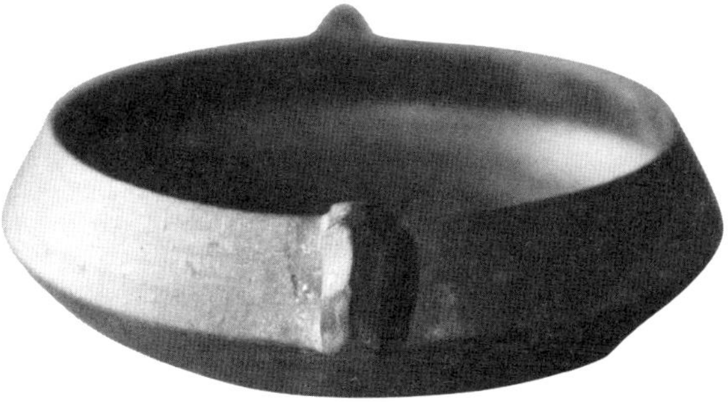

『冬·至』

冬至之器：八方盘【等春蕴】

烧成于 2017 年秋

饺子·八方盘

陶瓷易碎，但它们是我们的人生之幸，是最坚实、最淡定的见证者，一天一天，一年一年，一杯一盘，一滴一点。

2016年冬至的前两天，我在北京隆冬不多见的艳阳里走进拙朴小院，头顶隆隆飞过一架巨大的喷气式客机，还有一只叽叽喳喳的喜鹊。它抖擞着黑白相间的顺滑翎毛，停在一棵叶片落尽的柿子树上，兴高采烈地啄食着硕果累累、压弯枝头的亮橘色柿子果，半颗熟透的红柿子落到脚边。蓝天铺展的背景下，黑白相间的鹊影、鲜艳的果实、枯瘦的树枝充满画意，令人满心幸福。

小超一如惯常，爽朗地微笑着出门来接我和太太，见我手里不同寻常地拎着一只硕大的八角形秸秆盖帘，好奇地问我："你要做冬至饺子？"我笑答："不，我要做冬至盘子。"

盖帘是我刚刚网购来的，出自山东某个小村庄的老乡们之手。我脑子里在想象着那些穿棉袄的老太太围坐在挂满苞谷的南墙下，在阳光里慢慢编制它们，同时聊着家长里短。

做盘子，一直是我心头长久的痛。有三件事让做盘子这件看似简单的事，成为我长久的困苦之源。

第一是裂底。因为盘子这个器形底部很大，在拉坯成型之后的干燥过程中，这张大扁脸各个部分干燥的速度难免不同，所以很容易导致底部裂开，等你兴冲冲去看的时候，洁白如玉的盘底正中间赫然出现一道像苦笑的嘴角、又好似深不见底的冰川裂隙般的豁口，剩下的，只有跟着苦笑了。刚拉完坯时你志得意满地自言自语"好大！好棒！"，现在却变成一句无奈又火大的"好惨！"。一再看见这个苦笑甚至像是坏笑的嘴角，真让人崩溃，慢慢地，甚至会变成下意识逃避和放弃的心理阴影，面积很大的心理阴影……

第二是不够大。做陶制瓷的第二个令人崩溃的"黑洞"，是永远的尺寸问题。各种陶泥都需要在湿的时候成型，在陶轮上拉坯成型或者拼接揉捏成很带感的器形，等晾干到一定程度的时候再精修外形和细节。拙朴阳光俊朗、帅气冲天的小刘老师一语道出其中真谛——陶瓷，玩儿的就是干湿度！个中真味，没有全身心投入其中的人听过可能就忘了，或者如闻天书，但是坚持尝试得越久，越觉得这句话信息量巨大，没个几年的经验，不会理解它的犀利。

简单地说其中的一层意思吧：你刚拉坯或者成型完成

一个盘子的时候，觉得够大了，装下二十个饺子毫无问题，看着看着就得意起来，如果光线再好点儿，旁边再有个什么人"嚯！"上一句，简直就膨胀得要飞起来了。但是，等上三五天，它干到可以修坯的时候你再看——惨！只能放下十五个了，等你修坯完毕，彻底晾干等着上釉的时候再看，更惨！只能容下十二个了，再等到你望眼欲穿的出窑日到来，你再看那烧成的盘子——惨不忍睹！它最多也就只能放二十瓣饺子蒜了……

第三是不够有趣。做一只盘子让人感觉不那么具有成就感，首先是因为盘子这个器形是几乎所有餐具里面变化最少的，当然也是实用性最强的，它有不可替代的实用性，却最没有存在感；其次，在工业化量产时代，它卖得最便宜。说做陶就是修心也许有点儿刻意拔高，不过它能极大地抚慰你的内心，但也会挑战你的内心是否足够强大：市面上所有器形都有近乎完美的工业制品，而且永远有更便宜的选择。盘子，恐怕是歧义最少的一个名词，它跳进你脑海的时候，形象最为鲜明：很大、很圆、很白。没了。

还有个第四：你拉坯做得的盘子往往大小不一，"爷爷"和"孙子"团团坐，而且做得越大，差别就越明显……

那些你司空见惯，认为不值一提的小事儿，一旦需要自己亲手去做，往往不消半天，就会领教其中无数个以往视而不见、令人如履薄冰的失败的理由，还有一重重教你恍然大悟却悔之晚矣的成败节点，让你汗颜自己一直以来的自以为是、浮躁狂妄。自信心虽然是受了点儿打击，但确实找回了不少久违的敬畏之心。

想想看，仅仅一只盘子尚且如此，你生活中每个司空见惯的小细节里，都一定藏着一些人长久的努力和辛苦喜乐。

我决定尝试做一只八方盘。既然拉坯容易失败，又不容易做成大小一致，那我们试试印坯吧，咱们像冻冰块一样做一只盘子试试；既然盘子坯体在干燥中容易开裂的原因在于坯体慢慢收缩变小的时候，下面的木质托盘大小不变，导致拉裂，我们试试去找一种通风透气又兼具弹性和支撑力的托盘如何？

感谢万能的某宝，让我和山东的盖帘阿姨们隔空相遇了。一个朴素得不能再普通的盖帘，被有追求的阿姨们推陈出新做成了八方形。对我来说，这简直是天赐的礼物，完美地满足了作为一个难得的模具的所有要求：通风透气、柔韧有弹性、外形犀利又阳刚骨感。我只要做一只大号的陶泥薄饼，在盖帘上垫上两层报纸，把泥饼压实修形，做出边沿和棱角，然后潇洒地洗洗手上的泥浆，等着它干燥就得了。更棒的是，山东阿姨们还提供各种不同直径的选择，从20厘米到35厘米甚至40厘米，这不是为我量身打造的后援部队吗？除了感谢天赐的幸运，我还能说什么呢？

做得不够好，其实真不是不够努力，而是你不够想做到，是你想得不够多、渴望还不够迫切吧？

OK！说得这么热闹，那么我的冬至饺子八方盘，最后做成功了吗？

如你所愿也如我预期，它——裂开了，还在晾干坯体的阶段，我花了十分的气力把坯体一点点刮平，修出犀利的棱角，冒着硕大又难固定的坯体被拉坯机甩飞出去的风险，鼓捣了很长时间，几乎已经谈不上预期中新成型方法会带来的更高的生产效率了。但是，它还是裂开了。你知道的，高白泥大小姐就是这么爱耍性格，就是这么忽晴忽雨，就是这么不配合。

冬至这天，拙朴的"一大家子人"吃了一顿热腾腾的饺子。饺子上桌的时候，电视上正播出土耳其"恐袭"的新闻，俄罗斯驻土耳其大使被一名土耳其警察当众枪杀。记者的照片拍得实在是太好，整个场景充满了好莱坞式的剧情冲突和高潮气氛，真实得非常不真实，那个场景非常类似公开处决，只是行刑者是从背后开的枪。很快，镜头切换到新年的2016回顾报道，主持人微笑着播报,中国"二十四节气"成功申遗,成为全世界的宝贵财富和集体记忆。

又过了两年多,拉坯做圆形的盘子已经成了我最熟悉,也掌握得最好的器形,大小尺寸差别不大,边缘的曲线也都能做得基本一致、得心应手了。你问我两年时间里都发生了什么?答案是:嘴巴闭上,手动起来。

冬至心动,春运忙

其实想给这只盘子起名叫"春运"来着。我大学在外地念的,听到"春运"二字心就软。12月的冬至前后,很多在外打拼、求学、讨生活的人,开始了一年一度的内心动摇,想回家,又怕回家。

这个节气,是动手订票准备过年的时候了,百花不开心花开,或者,万马奔腾心翻腾。就像我们的胃肠认同饺子,心理和机理上都觉得那味道很熨帖很暖人;我们的头脑认同团圆,成功和失败都希望有伙人不讨论就理解。也许觉得什么节气什么风雅什么养生话题显得俗套老气,但是节气是有弦外音的,就像"今夜月色如水"其实意思是"我真的钟爱着你"。老妈在每个节气给你寄吃的,其实是想说"老妈支持你出去闯,不要动不动就想家逃回来"。这么一说,你会不会觉得节气很带感,也很帅气?

每个节气都有不同的温差、气息和不同的景观,就好像每个故乡都有熟悉的味道、体感和挂念的理由。

23

「小·寒」

小寒之器：煮茶炉【梅化雪】

烧成于 2017 年春节前

老白茶，
不要等老了才喝

我见过最美的雪景，是在北京一个毫不出名的小庙。怎奈何，北京的寺庙太多，又有很多是绝大多数人一生都不会去的。就好像老白茶，听起来那么显老，让人觉得喝它自己都会速老，结果错过了它的美味，错过了喝它的最佳时间，也错过了它的疗愈和滋养。而且，一错过，就是大半辈子。

我看到那美丽的雪景时还是个翩翩少年，会面的地点是北京的五塔寺。那年，初雪压弯了竹子尚且青翠的枝条和腰杆，扛着白雪，衬着红墙，每一眼都入画，也让人特别容易联想到在冰冷的人群面前不得不低头的北漂们。

他们吃着朴素却油腻的食物，忙碌在精彩却不是故乡的城市，面对着笑脸和拒绝。我觉得他们真应该早点喝些老白茶，至少温暖自己的胃与骨。只有自己就能够做到，而且只靠自己就能做到。把抱怨别人对你不好的时间，用来对自己更好一些，让冬天的记忆，只留下小寒的初雪和冒着热气的茶炉。

白雪覆盖在几近全毁的古寺殿堂遗址上，不知为何，有一根柱子下面的石墩上，雪花积得毛茸茸，像沾了生粉的糯米糕团，而且巧妙地化去一半，露出一半叫作柱础的石墩来，正好形成一个完美的太极图。所谓天工，当真是人力不可以巧夺的。

每每回想起那一幕，都有温暖的音乐在脑内相伴，比如慢悠悠的古琴声。

我决定，设计一只暖炉和煮茶壶，给小寒阴沉的天气，给无名寺庙的静谧，给老白茶，也给懂得品尝它的、奋斗在离家千里的城市里的人们。

茶炉壁厚，拢得住温度；粗泥的本色就好，不需要施加釉色和光泽；壶身外面再涂刷上氧化铁溶液，经过高温的涅槃，会变成凝固的铁水，包裹着壶壁，这样导热更好。找铁匠师傅订做了高高的提梁，缠好麻绳，暖手不烫手。

暖炉和茶壶都不大，刚好够一两个人自斟自饮地慢慢喝上几杯，聊慰初寒，慢慢等雪无声地降落在古都的屋顶上。

小寒之日,雁北乡

季节和节气的周而复始,让经历着世事无常的人们也相信天道轮回。最冷的时候到了,但是忍一忍,花就开了,再忍忍,雁就归来了。几千年间,中国人之所以顽强绵延、勇毅凛然,是因为懂得从天地万物里找规律,懂得从大自然的教训里找自信吧。

24

「大·寒」

大寒之器：哪吒瓶【闲话伴】

烧成于 2017 年春节前

恰到好处的年味

年尾最后一个节气了,是时候为年味做准备,也为无话不谈或者无话可谈的春节聚会做准备了。

春节会有无限量供应的瓜子,这是刻画中国人微妙家庭关系的小道具,让春节走亲访友的惯例交际中难免出现的冷场免于尴尬,甚至带上了点儿乐章休止的回味感。

应该为这份烟火气做一只"节器",这只节器,还应该能让大家坐得更近些,不要隔着老远嗑瓜子嘛,把芥蒂和瓜子皮一起扔掉岂不更好?

拙朴小院里的陶瓷喷泉又冻成了冰山。一年又过去了。

城市人特别需要节日,因为我们身边没有高大的果树和枯荣的野草,没有自顾自的果实和花朵来告诉我们每一秒的时间意义何在。如果没有节日,没有那些生活的里程碑,我们甚至不知道有什么值得庆祝,甚至不太明白为了什么而打起精神面对下一程的重重挑战。

今年是拙朴工舍第三年的"学员年度作品联展"。黄老师在春末海棠开花的季节重新装修了面积不大的展厅,特地在屋中堆砌了一道残墙,内外有别、曲径通幽中,营造了些故事性和悬念感，引导来此的人们进入下一个章节一探究竟。就如同做陶的心理历程，不破南墙，何以受教于泥火的灵性？不弃浮躁，如何听懂天地的深沉？

今年的主题是花器，大家围绕同一个题目来展开思路，各自动心设计，动手制造。让头脑深入一个"无形的桃源"，让身手投入一次"有形的造化"。一年里，能有一次这样的期待，能有一个发挥创造力、动手动心投入实在器物的制作机会，真的是虚妄飘忽的网络世界里恍若新生般的内心疗愈。

为了提起十二分的精神来参加这次"年度乐事"，我和太太特地前往西安和成都做了一次"高铁游学"，饱看了十天两地的博物馆，充电学习，当然也饱餐了两地美味的葫芦鸡和串串香。回到北京后的两三天，缥缈的灵感和上火的牙痛同时来了，搞得人辗转反侧，夜不能寐，眼窝深陷，精神恍惚。

香辣果然只属于天府之地，想做一个不上火的椒麻爱好者，最好就留在四川吧。

四川博物馆中有张大千的专题展厅，这位希望"老弃敦煌"的大师不仅请人专门刻了一方这样的闲章，而且通过临摹敦煌壁画、造像，打开了一个穿越世俗朝代和天国禅林的门径，也为我提供了制作一件花器的灵感——做一只高颈宽袍的净瓶，融合我喜欢的纸槌瓶和天球瓶的古意，向万千古人反复打磨过，经过十余个朝代才臻于化境的器形气韵致敬，也向自己五年多练习的拉坯、接坯功夫提出一次挑战。坯体成型之后，高度达到40厘米，烧制之后，高度降低到30厘米多一点。

张大千希望能永远有敦煌画师的作品陪伴，终老在石窟佛境，但对绝大多数人来说，一辈子都能因为杰作和挑战而保持高昂的兴致，实在太过奢侈了。不过找一样手艺，接受来自创造美感的邀请和修炼手艺的挑战，无疑是种秘不外宣的内心幸福。有此"武功"的陪伴，也就有了一重桃源沧海般的"养性江湖"。

12月的圣诞节过后，眼看着"二十四节器"的第一版作品就要完成了，一共二十四种，小三十件。从我最初发愿设计开始，已经悄然过去了三年整，那个时候，也是岁尾的冬天，拙朴小院里黄老师做的陶瓷喷泉也是冻得像条冰雕狗。

这个过程比我想象的要慢很多，开始的时候，我的想法是跟随节气的变化来做相应的节器，一个节气刚好十五天，设计、制作、烧制，两周时间总该可以完成的吧？当时的想法就是这么简单。真正干起来，不得了，太有感觉也太过刺激了，意识到原来的想法简直就是春秋大梦。是的，名副其实的春秋大梦。于是，就这么兴致昂扬地忙活了三个春秋。

接下来的一周，是春节前农历戊戌年最后一次做陶了。在拙朴工舍"挂单修行"四年多了，竟然觉得，他们春节放假的三周时间不能去做陶，内心蛮失落的。

C位节气，新年迎

春节快到了，案头摆上了岁朝清供、梅瓶水仙或者是瓜子花生，有钱没钱都要回家过年。就好像日本京都的本地人每年会在过年的时候买条红红的金眼鲷鱼放在显眼的地方给客人看，中国人本来是极讲究过年的供桌上摆些什么的，不过摆什么，也不如一家人整整齐齐、红光满面、健健康康、没灾没病。价值观判断当然也要与时俱进，今年尤其如此。但是过年的供桌上，总不能秀体检报告或者手机应用里全家人的跑步里程吧？放些瓜子和坚果倒也有道理：说明全家人牙口倍儿棒，吃啥都香。这多值得骄傲！

过了今儿，二十四节气又要重新来过了。明年的健身计划，可又安排上了？

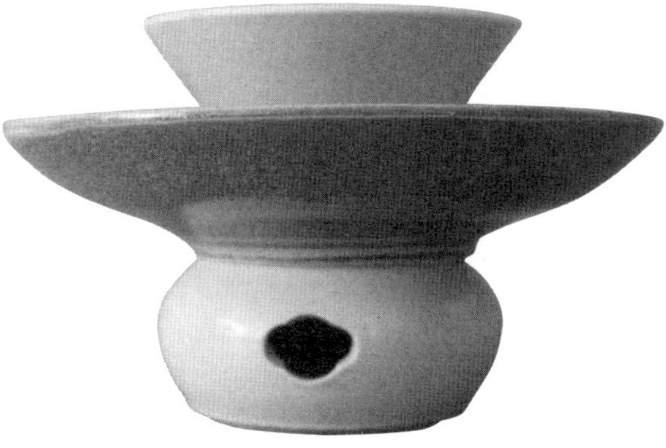

立春之器：俎板盘
210mm × 120mm × 40mm

惊蛰之器：行炉
90mm × 80mm

寒露之器：秋虫罐
100mm × 150mm

雨水之器：浅渍罐
160mm × 160mm

冬至之器：八方盘
275mm × 25mm

小满之器：沙拉钵
250mm × 250mm × 100mm

夏至之器：凉面盆
200mm × 60mm

清明之器：高足盘
240mm × 140mm

小暑之器：滴滤壶
90mm × 150mm

大暑之器：西瓜盘
70mm × 70mm × 30mm

春分之器：餐盘
225mm × 45mm

谷雨之器：纸槌瓶
130mm × 200mm

大寒之器：哪吒瓶
240mm × 200mm

处暑之器：蜂蜜罐
110mm × 120mm

白露之器：葫芦勺杯
90mm × 110mm × 90mm

立秋之器：大盖碗
160mm × 120mm

立冬之器：笔洗
200mm × 120mm

芒种之器：温酒壶
50mm × 135mm / 90mm × 160mm

大雪之器：双耳盆
200mm × 170mm × 60mm

小雪之器：暖手杯
80mm × 95mm

秋分之器：青瓷盖碗
120mm × 110mm

霜降之器：酱料碟
130mm × 65mm

小寒之器：煮茶炉
120mm × 240mm

立夏之器：莲花盆
210mm × 130mm

后记一　心有玫瑰，细嗅猛虎
——做陶为什么？

手工做陶，距离自虐相差不远。泥水薪火，若非真爱，更无法面对窑变神鬼莫测的挫败。如果是为了日常器用，淘宝不是更划算易得？动动鼠标，应有尽有……

做陶为什么？手工造物又为什么？

我的答案是：

为自己营造一个展现创造力、原创力的出口和舞台。

但的确有这样的人，他们有着迫切的心情，执着于亲手实现自己心目中的美，赋梦想以有形。因为无法释怀，他们甘愿付出让自己也倍感意外的惊人代价和辛苦劳动，挑战从前自己心理边疆上的不可能之境。因为心有玫瑰之愿，所以胆敢挑战猛虎，细细品尝劳动的甘苦，且不以苦为苦。况且瓷器一旦烧成，千年不改，你白驹过隙般的一生，有过怎样的挑战与坚持，都能以此尺度获得某种不朽，这还不足以令人神往么？

只有创造活动本身，尤其是创造美的行为本身，才符合天地之间的终极真理，才是能够获得人格自由和灵魂尊严的正确途径。也只有这件事，有可能使人脱离"饥饿营销""虚荣营销""鄙视链营销"甚至"脑控营销"的重重枷锁和无形牢狱，让人们最终获得无比稀有也无比美好的精神和人格层面上的自由。

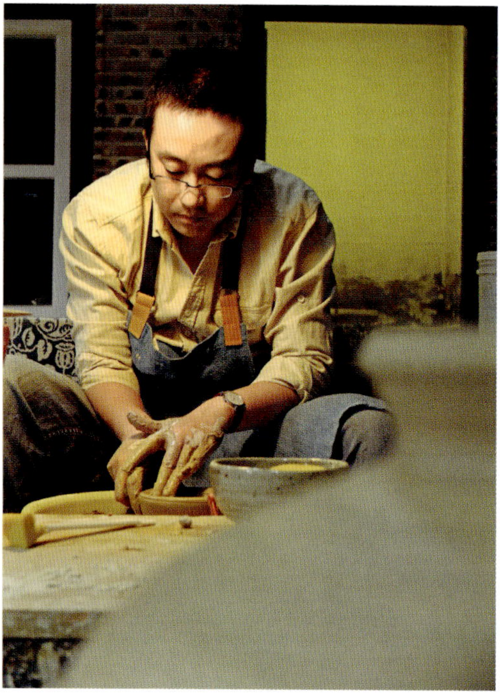

必须坦白承认，我做陶的动机并非纯然纯粹，其中主要的"杂质"，就是减少或者摆脱手机这个祸害人的小东西。

听到手机响，就下意识地去接，在与人交谈的时候，着实显得非常无礼；在出行时，显得非常不智；在自处的时候，则显得非常不安。并且在大多数时候，一旦有空就会浏览手机屏幕上的各种信息，来者不拒。

为了打发无聊而去手机里寻找自娱和存在感，不仅会伤害眼睛，而且会剥夺睡眠、食欲，乃至理性和健康。在这当中，首当其冲的，当然是自由——独立思考和判断的自由。

要夺回被操控的头脑，重掌自由，首要的任务就是放下手机。放开手，也收回注意力和关心。手机里的东西，无论是现实还是虚拟的朋友圈里发生的事，都没有它们看上去那么重要。

这是我双手沾泥，放任铃声大作，振动连连而不顾，不闻不问地做陶几年之后的真切体验。

它们真的没那么重要，也没那么有趣，舍弃它们、枉顾它们的召唤后，我从未失去过什么重要的东西，也从未错过什么重要的时刻。

忍耐铃声徒劳地悲鸣，如同坚持挺过长跑中的"极点"，对你，只有好处。

再短小的瞬间，也是人生的一部分，不是吗？对于有限的、宝贵的人生点滴，我渴望将它们全部投入到一种有建设性的创造力之中，而绝非旁观一种无聊的作秀，一秒钟也不愿意。

平凡如我，这样的人可能有十个亿。再想想吧，如果有十个亿

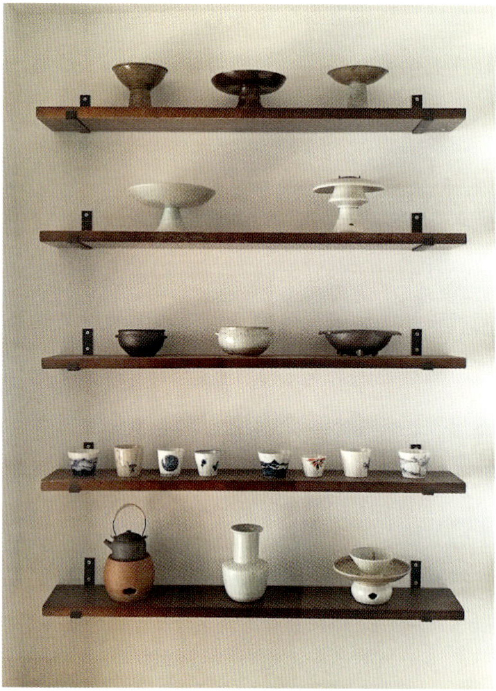

的人停止刷手机，不再看娱乐八卦，他们能创造什么？

十亿人的奋斗和关注，至少能把登陆另一颗绿色星球的时刻提前一点，哪怕是一年、一月、一周乃至一秒也好，这难道不算奇迹？

除此之外，难道不会有无数个别的奇迹的可能性？难道不会有无数个难度更低的"迷你奇迹"，被我们这十亿个平凡的普通人完成？

我必须尝试，从最谦卑的无言泥土开始，创造我的那个渺小而又愚蠢、半点儿都不酷的奇迹。

从现实的角度坦白面对，这是另一重天地。

我们是初雪里落向地面的第一批雪花，注定要变成污泥浊水或者消失无形。这一批做陶人，面对的是工业日用陶瓷的价格、市场规模和快销品审美，但是我们要在这样的市场环境中创作工作室陶瓷或者作家陶。享受过程就好，不用挣扎纠结以至于自伤，做陶，最重要的是要开心。

做陶，是个"借境练心"的好法门。

我们经常感觉"还不够幸福"，为什么？很多时候并非因为物质的匮乏或者五体不全，而仅仅是、恰恰是因为物质过剩，选择过多，心力涣散，导致专注力下降。

每件东西都不缺，该拥有的其实都拥有，但是并没有一件东西被我们充分享有，很多我们已经拥有很久的东西，甚至从未被善加利用，这何尝不是种"盛世病"？

做陶确实可以让人重掌头脑的控制权，让人心手协调，练习专注力，练习眼光的挑剔和对细节的敏感，接触最谦卑的自然构成元素，也重新练习最谦逊的敬畏之心，练习闭嘴也练习动手，练习不妄断、不妄论，也练习静观，更练习客观，练习坚持理性判断、独立思考，练习让自己的内心世界戒除浮躁、重归正道。

一直觉得，真正涵养自己的修炼有很多，岁月有限，多少应该选择一门来修习，这才是对自己真正的奖赏。道在春花在秋月，也许风雨也许晴。无论入何门径，它们都有相似的气场和氛围，那就是：正心正念有禅意，无物无我有静气。如果你在做一件事情的况味里，感受到甘愿沉潜其中的这种禅意的静气，心平气和、怡然自得，就说明你找到了自己的"本命修行"，坚持下去，相信你会看到一个让灵魂更加喜欢安住其中的身体，一个更少消极和灰暗，也更多专注和积极的自己。

按照自己的节奏，做点儿令自己陶醉其中的事情。打天下的时间交给天下，做自己的时间留给自己。做陶时只管做陶，奔忙时无愧奔忙，没那么多清规戒律，没那么多华丽皮毛。一心只为顺手合用，两手无暇上网翻书。泥里来火里去，春秋寂、寒暑忙，如来不见，观音不闻。

你最好的作品，就是你的生活本身。

后记二　2020，行星重启

2020年，这颗行星经历了一个奇幻的春天。

如果有朝一日，全球摄影师能有机会联手，在某个奇妙的平台上集体上传自己在新冠肺炎暴发流行期间拍下的空荡城市、清冷街道，那将会是个多么有趣又令人感慨的时刻。如果要起名字，不妨就叫"我们缺席的世界"，或者"行星重启.com"。

我们看到了很多奇妙的影像。印度大陆上空雾霾重重的早春天空，因为防疫隔离而变得澄澈。人们惊异地发现，混沌已久的城市天际线变得清晰锐利，寺庙贴金穹顶的彼端，居然浮现出延绵不绝的喜马拉雅雪山的轮廓，在浅粉色的夕阳余晖中如轻纱飘摆般时隐时现，俯瞰流云在山腰处游走；人们看到往日浑浊不见底、游船穿梭不停歇的威尼斯水道和恒河水底居然变得清澈透明，可以看到游鱼穿梭，波光如钻；我们甚至看到海豹霸占了空无一人的度假海滩，悠然陶醉地在沙滩躺椅上扭动着浑圆的躯体，面带微笑地晒着日光浴；曾经人群熙熙攘攘的城市街道上出现了散步觅食的孔雀、猴群和鹿群……这个奇幻的春天，我们错过了很多，同样在这个奇幻的春天，我们也获得了难得的时间和空间，暂停，重启，静对自己。

我也是众多因防疫隔离而枯坐家中的摄影师之一，没办法出门拍照，但是绝不缺少机会，和整个国家，和万千国民，也和整颗行星一起叹息、紧张、感动，一起为医护英雄们的战斗而心跳加速、

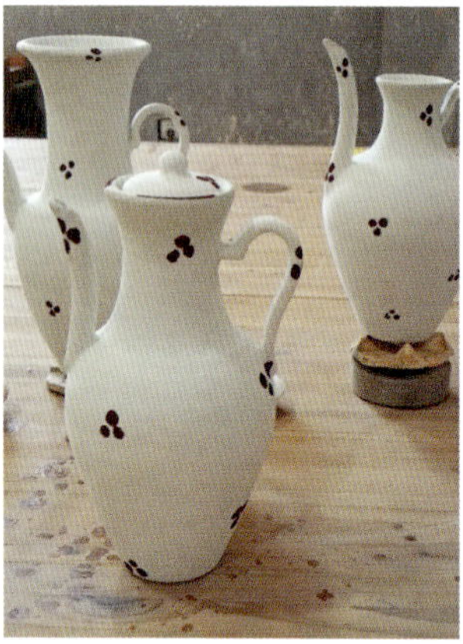

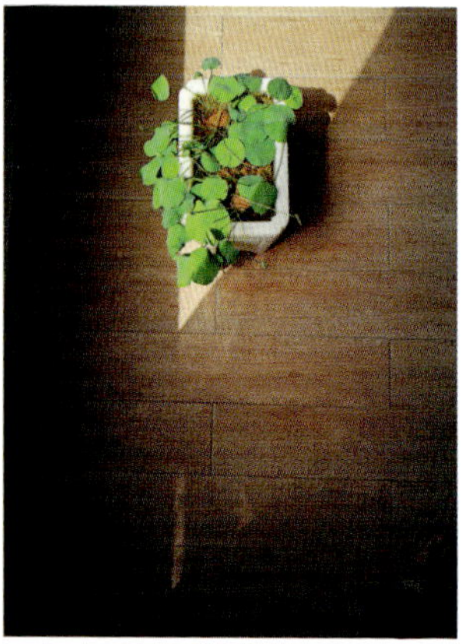

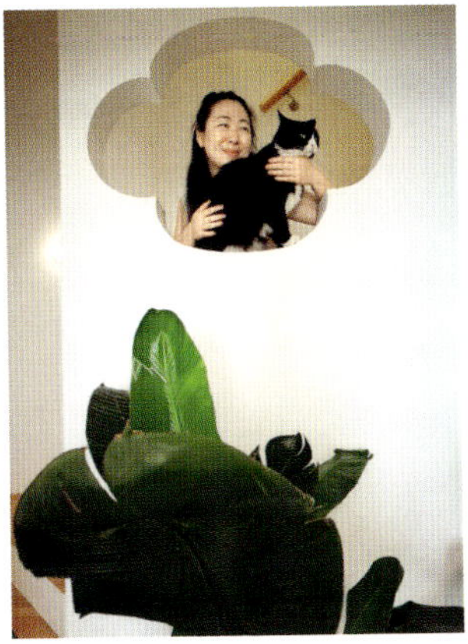

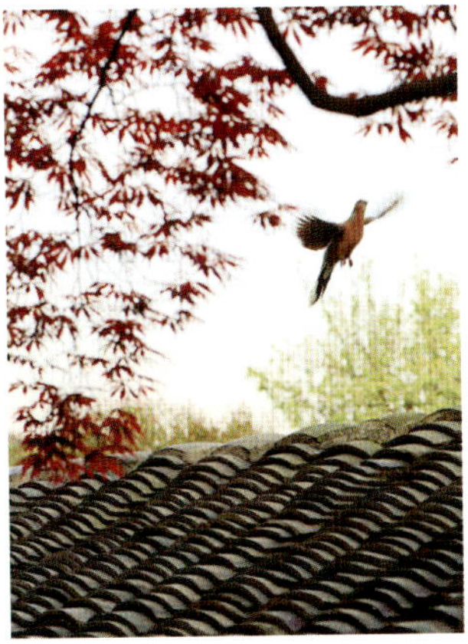

眼眶湿润。我还是很多荒废手艺的陶艺爱好者之一，苦笑着估摸，至少会有长长的半年时间无法接触到泥土和陶轮，无可奈何地意识到，自己会荒疏了好容易学到点儿皮毛的制陶技能。

好在，这五年多埋头修习的成果，我学陶制瓷的心路集，已经完稿，在疫情暴发前的一月，及时交给了一直合作的出版社。那时候，我有种强烈的也异常莫名的不安感，赶着在春节假期到来之前提交了书稿的全部图片，脑海中频频出现长途飞行的宇宙飞船，在小行星上实现硬着陆前，不断向地球发回实时图像的场景。

向人群传送图景和感触，是航天器的毕生宿命，也是作家和摄影师的吧？

但是，就像看日出需要挣扎早起，看夕阳则只需顺时等待，如果在悲剧性的大疫之后挣扎着重新振作，我们必然要依靠阳光正面的"日出思维"，希望所有战疫英雄的付出不会归为徒劳，希望数量庞大的人类族群能够从这场教训中学到真知、了解真实、了悟生命的真正价值。

我和太太的生活，也因为疫情的阴云笼罩而发生了一些小小的变化。她学会了很多新的厨艺，面点、菜式、甜品、零食……她的绘画老师，七十多岁的国画家陶跃老师在网上新开了视频国画网课，用爽朗高亢、中气十足的嗓音免费把多年修炼的绘画技巧倾囊相授，毫无保留。因为要遵守疫情隔离政策的规定，一向喜欢跑步的我们甚至买了以前发誓绝对不买的跑步机，发现不仅好用，而且并不占地方，使用起来也很方便，甚至因为不受天气影响，反而提高了锻炼的频度。我喜欢早起，就清晨跑，太太爱睡懒觉，就傍晚跑。在跑步机低沉催眠的运行声里,我们比往年提前两个月开始了每天挥汗如雨的跑步日常,还因为可以足不出户就完成锻炼,反而增加了锻炼过程的舒适度。因为疫情暴发期间不断关注新闻,我们的视力都下降了,于是我为了节约用眼,第一次购买了付费音频节目的会员服务,在跑步机上听完了好几本以前一直想挑战阅读的大部头著作……我们两个人在只有几平方米的小阳台上更加仔细地侍弄花草,"一春无事,只为花忙",幸福得让人如入桃源。花草不负用情人,它们连番抽枝散叶、吐蕊不停,复花的复花,复壮的复壮,好一派洋洋春光。

更重要的是,这场疫情彻底打断了我们的做陶计划,进入了漫长的待机状态。在这几个月间,我们既没有新作品产出,也不能挑战新技巧。这在以前,停不下来的我们是完全无法忍受的。现在,我们被迫停下来,反复使用、体验、感受和斟酌以前作品的长短得失,在日复一日的使用中,发现和检视作品的使用感受、场景美感,让茶器、餐具、花器、草器、酒器充分地和食物、茶汤、花草、美酒相遇,让它们更充分地彼此激发,也启发作为制作者的我们,不断从沉入日用的烟火缭绕中,发现自己以前想法的短长、手艺的粗精、眼光的高下。一个不能拒绝的悠长假期,变成了一场"脑内修习"的研讨课程,也让我们对未来的新一轮陶修体验更加期待,也准备好了更加沉静、客观和从容平实的心境,再次投入其中。

大灾过后,我们会更热爱生活,更用力地、真实地生活下去,会更明白什么才是生活中更重要也更值得追求和守护的东西,也会

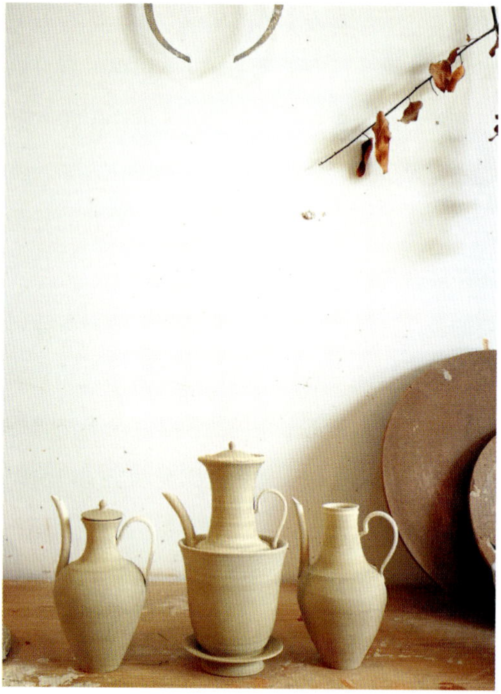

更明白该追求什么，该舍弃什么。"断舍离"并不是扔掉一个旧的衣柜，也许更应该是戒掉睡前看手机和痴迷八卦，偏爱"毒鸡汤"、负能量和"血浆多"的重口味。也许更重要的，是把自己从"被关注依赖症"的网络社会畸形心理中解放出来，舍弃"不值得晒就不值得做"的"剧场型人格"和"假活"状态，真正找到自己喜欢而不是别人推崇的生活方式和生命重心，去挥汗如雨地做自己热爱且不计得失的事，去为自己而活而不是为话题卖命。用宝贵的时间去做有用的、正确的事，而不是把生命浪费在逃避、作秀及寻找借口和攻击他人上面。

行星重启，是的，我们每个人都是重启之后的幸存者。为了让我们获得这份难得的幸运，有人付出了生命。我们应该重新核算自己的人生，重排它的优先级，用你最热的血，去做最难的事，哪怕光亮微小，也要点亮一个角落。无论岁月已经带给你什么样的时光刻痕，都要让自己活得宛若重生，都要对更大的挑战保持期待。

郭子鹰

自由摄影师、旅行作家,孤独星球(Lonely Planet)形象广告摄影师,佳能公司特邀讲师。现居北京。曾任《旅行家》杂志采访编辑部主任、首席摄影师,艺龙旅行网度假部内容总监等职。著有旅行图文集《最好的时光在路上》(2011)、《理想国度》(2013)、《云游未满,微笑向前》(2016)、《悠长的赏云假期》(2019)、旅行小说《再见,大马士革》(2012)和旅行摄影书《只为这一刻》(2014)。

图书在版编目（CIP）数据

平淡如泥，静默如谜：我和我的"二十四节器" / 郭子鹰著. — 北京：北京联合出版公司, 2021.5
ISBN 978-7-5596-4768-9

Ⅰ.①平… Ⅱ.①郭… Ⅲ.①随笔—作品集—中国—当代 Ⅳ.①I267.1

中国版本图书馆CIP数据核字(2020)第242037号

平淡如泥，静默如谜：我和我的"二十四节器"

作　　者：郭子鹰
出 品 人：赵红仕
责任编辑：夏应鹏
策　　划：北京地理全景知识产权管理有限责任公司
策划编辑：董佳佳
营销编辑：石雨薇
书籍设计：何　睦
特约印制：焦文献　李丽芳
制　　版：王喜华

北京联合出版公司出版
（北京市西城区德外大街83号楼9层 100088）
北京联合天畅文化传播公司发行
北京华联印刷有限公司印刷　新华书店经销
字数：117千字　889毫米 × 1194毫米　1/32　印张：7.5
2021年5月第1版　2021年5月第1次印刷
ISBN 978-7-5596-4768-9
定价：78.00元

未经许可，不得以任何方式复制或抄袭本书部分或全部内容
版权所有·侵权必究
本书若有质量问题，请与本公司图书销售中心联系调换。电话：010-82841164　64258472-800